EL CANGUR

283

Pere Calders
Dagoll Dagom

Amb cançons de Jaume Sisa

Antaviana

Edició a cura de Jordi Malé

Edicions 62

Barcelona

Sèrie «El Cangur Plus», dirigida per Carme Arenas.

La primera edició d'*Antaviana* va ser publicada dins la col·lecció «Els Llibres de l'Escorpí/Teatre» l'any 1979.

Primera edició dins «El Cangur»: febrer del 2000.
Segona edició: juliol del 2002.

Peu de la Creu 4, 08001-Barcelona.
e-mail: correu@grup62.com
internet: http://www.edicions62.com

Imprès a Liberdúplex, s. l., Constitució, 19, 08014-Barcelona
Dipòsit legal: B. 35.458-2002
ISBN: 84-297-4649-8

INTRODUCCIÓ[1]

0. BREU HISTÒRIA D'AQUEST LLIBRE (O COM DAGOLL DAGOM VA CONÈIXER PERE CALDERS)

Pere Calders (Barcelona 1912-1994) va iniciar la seva trajectòria pública com a escriptor el 1933 escrivint articles i contes per a la premsa. De contes serà el seu primer llibre, el recull *El primer arlequí*, que va aparèixer el juny de 1936, just abans que esclatés la Guerra Civil; aquell mateix any, ja al desembre, sortia també la seva primera novel·la, *La glòria del doctor Larén*. Afegim-hi que el 1937 va quedar finalista del premi de contes Narcís Oller i que el 1938 va publicar *Unitats de xoc* (un llibre de cròniques sobre la seva experiència al front dins les files republicanes), i podrem concloure que, abans de 1939, Calders era un autor en clar procés de consolidació dins les lletres catalanes. Però amb la derrota de la Guerra Civil es produí l'esfondrament de moltes il·lusions, de moltes vides i

1. Agraeixo a Dani Camps, que ha tingut l'amabilitat de llegir-se una primera versió d'aquest estudi introductori, totes les indicacions i tots els suggeriments que m'hi ha fet, dels quals he llevat molt de profit.

de moltes carreres. Amb altres escriptors i intel·lectuals, Calders es va haver d'exiliar. La seva destinació fou Mèxic, on començà una nova vida, en la qual la literatura, momentàniament, hagué d'ocupar un lloc secundari. No serà fins al cap de més de quinze anys que va poder donar a la llum una nova obra: el recull de contes *Cròniques de la veritat oculta*, enviat des de Mèxic, amb el qual va guanyar el premi Víctor Català el 1954 i que serà editat l'any següent; representava la seva reincorporació a la literatura catalana, per bé que encara des de l'exili. Progressivament, i encara des de Mèxic, anirà escrivint i publicant altres obres: reculls de contes com ara *Gent de l'alta vall* (1957), on els personatges són mexicans, i *Demà a les tres de la matinada* (1959); o novel·les com *Ronda naval sota la boira* (escrita entre 1954 i 1955, però publicada el 1966) i *Aquí descansa Nevares* (una novel·la curta de tema mexicà, no publicada fins al 1967).

Després de vint-i-tres anys exiliat, Calders retornava a Catalunya el 1962. I, malgrat continuar publicant obres (com les dues últimes esmentades, o l'aplec *Tots els contes*, de 1968), a més de guanyar el prestigiós premi Sant Jordi amb la novel·la *L'ombra de l'atzavara* (1964), la seva obra no acabava de ser reconeguda. Molts factors hi contribuïen: el distanciament de l'escriptor amb el seu públic causat per l'exili; la situació de desfeta moral i cultural en què va retrobar el país, sotmès als rigors de la dictadura franquista; i, especialment, el fet que la literatura que llavors es valorava, ateses les circumstàncies en què es vivia, era la que manifestava un compromís de l'escriptor amb unes conviccions i uns ideals polítics, i la que pretenia de reflectir la realitat social del moment (l'anomenat «realisme històric»); unes condicions, aquestes, que en absolut s'adequaven al tipus de literatura imaginativa que practicava Calders, la qual, per tant, va quedar relegada a un discret segon terme.

L'any 1978, però, marca l'inici de la redescoberta i la revaloració de Pere Calders com a escriptor. D'una banda, perquè publica el llibre *Invasió subtil i altres contes*, que tindrà una molt bona acollida. Però, sobretot, perquè una companyia teatral estrena un espectacle basat en contes seus que resultarà tot un èxit: el grup s'anomena Dagoll Dagom i l'espectacle, *Antaviana*.

Aquest grup de teatre havia estat fundat per Joan Ollé[2] i sorgia arran de la desaparició del Nou Grup de Teatre Universitari, que havia dirigit Frederic Roda. Dagoll Dagom inicialment es va distingir pels seus muntatges basats en textos poètics, com ara *Yo era un tonto y lo que he visto me ha hecho dos tontos* (1974), a partir de poemes de Rafael Alberti; o *Nocturn per a acordió* (1975), amb poesies de Salvat-Papasseit. El fet d'inclinar-se per textos poètics i fer espectacles on els sentiments dominaven per damunt de les idees, ja posa de manifest com el grup pretenia d'allunyar-se del teatre de compromís i de reflexió que llavors s'imposava. El següent espectacle, *No hablaré en clase*, constituïa «una mena de puzzle nostàlgic —i, naturalment, crític— sobre l'escola de l'època franquista»,[3] que, malgrat els problemes inicials amb la censura, finalment pogué ser representat i comportà un gran èxit per a la companyia, sobretot per tractar-se d'una obra que pretenia d'arribar a una gran quantitat de públic.

2. El qual explicava així l'origen del nom del nou grup: «*Dagoll Dagom* eren unes paraules que jo deia de petit a tot el que servia per dibuixar i escriure. Martí Farreras, crític de teatre, el qual era amic de la família i venia per casa, em solia saludar dient: "Bon dia, senyor Dagoll Dagom." D'aquesta manera va sorgir el nom» (declaracions citades per Agustí Pons, *Pere Calders, veritat oculta*. Barcelona: Edicions 62, 1998, p. 285).

3. A. Pons, *op. cit.*, p. 287.

L'opció triada per Dagoll Dagom era, doncs, la d'una mena de teatre adreçat a un públic majoritari i que no defugia la poesia, els sentiments i l'humor. El grup, però, va anar renovant-se, i, l'any 1978, dels qui havien representat la darrera obra només quedaven Josep Parramon i Pepe Rubianes. Mestrestant, s'hi havien anat incorporant nous membres, entre els quals destacava Joan Lluís Bozzo. I els va caldre de plantejar-se un nou espectacle. Entre diverses propostes, sorgí la de muntar una obra a partir de contes de Pere Calders. I, finalment, aquest fou el projecte triat —la qual cosa no ha de sorprendre, ja que la literatura del contista connectava perfectament amb el tipus de teatre que la companyia volia fer. Així ho explicava el mateix Joan Lluís Bozzo:

> «El món literari de Calders ens fascina per la simplicitat plena de fantasia, per la inacabable riquesa d'imatges que conté, per la seva ironia sempre carregada de tendresa, pel seu humor entre ingenu i amarg, pel seu llenguatge tremendament assequible i a la vegada elegant, pel fet que els seus contes —malgrat ser universals— responen a una manera de sentir molt pròpia de Catalunya i dels catalans...».[4]

Quan el grup va comunicar a Pere Calders el seu projecte, l'escriptor va quedar molt sorprès. Sembla que, inicialment, tant per modèstia com, sobretot, per por que l'espectacle no els reeixís —sentint-se'n, en part, responsable—, va manifestar-los que no ho veia del tot clar. Però de seguida va posar-se a la seva disposició i va donar a la companyia plena llibertat per servir-se dels seus contes, bo i comptant de poder fer-ne una revisió

4. A. PONS, *op. cit.*, p. 290.

final.[5] I Dagoll Dagom va tirar endavant el projecte. I el resultat de la seva feina, inesperat de tan exitós, va ser *Antaviana*.

Antaviana

D'entrada, hem de tenir present que *Antaviana* no és una obra de teatre usual, en el sentit que no té una estructura unitària i del tot travada, sinó que està formada per diverses escenes que, amb poques excepcions, no guarden cap lligam temàtic o formal entre si. Si volem estudiar-la, doncs, haurem de partir de considerar l'obra com una successió de diferents històries o episodis.

Un primer aspecte que val la pena de tenir en compte a l'hora d'analitzar les històries representades dins *Antaviana* és que totes elles, originàriament, eren contes; contes que han estat dramatitzats, això és: els ha estat donada una forma dramàtica, se'ls ha convertit en escenes teatrals, en textos per a la representació escènica, alhora que en alguns casos se'ls ha modificat i adaptat el

5. Calders s'havia referit, en diverses entrevistes, a una carta que hauria escrit a la companyia per dissuadir-los de l'empresa (per exemple, li ho comentava a Lluís BUSQUETS, *Plomes catalanes contemporànies*. Barcelona: Edicions del Mall, 1980, p. 92; i a Josep M. ESPINÀS, *Identitats*. Barcelona, Edicions La Campana, 1986[3], p. 50; també hi fa al·lusió a Josep FAULÍ, «Pere Calders, senyor d'Antaviana», *Serra d'Or*, núm. 240, setembre 1979, p. 12). Aquesta carta, si mai va existir, no es conserva. El que sí que sembla que existeix és un informe seu de dos folis, adreçat a la companyia, amb tot d'observacions sobre la manera de representar els contes (Josep Faulí en cita uns pocs passatges dins la seva entrevista). Malgrat les gestions que ha realitzat Carme Arnau, no hem aconseguit de veure'l.

contingut (els esdeveniments i les accions que relataven). Aquesta tasca de dramatització i adaptació dels contes és la que van realitzar els components del grup de teatre Dagoll Dagom fins a crear l'espectacle teatral *Antaviana*, el text del qual tenim ara entre les mans —i és per això que el nom del grup figura al capdavant del llibre, al costat del de Pere Calders, en qualitat de coautors.

Tenint present l'origen d'*Antaviana*, dividirem el seu estudi en dues parts. En primer lloc ens endinsarem en les històries representades en les diferents escenes de l'obra i, en segon lloc, analitzarem la seva forma dramàtica, és a dir, el procés de dramatització que van sofrir els contes calderians[6] fins a esdevenir una obra teatral.

6. Aprofito per assenyalar —com a nota purament al marge— que, tot i que les formes adjectives que s'acostumen a escriure són les de «caldersià» i «caldersians» (amb els corresponents femenins), resultants del simple afegiment del sufix *-ià* (en totes les seves formes de gènere i nombre) al cognom Calders, res no fa pensar que sigui incorrecte d'escriure, com a adjectius, «calderià» i «calderians», fent-los derivar del substantiu «calder», del qual provindria el cognom Calders. L'etimologia l'apunta Joan Coromines al seu *Onomasticon Cataloniae* en fer constar, dins l'entrada *Calders*, que «prové del ll. CALDARIUM 'calderó, vas de metall', que hom ha aplicat a certs estanys o un bassal, potser per la seva forma comparable a la d'una caldera»; al seu *Diccionari etimològic i complementari de la llengua catalana*, d'altra banda, escriu, dins l'entrada *cald*, que «...en època arcaica, [calder] apareix més aviat com a nom figurat d'un estanyol o gran bassal o gran gorga (com les innombrables de la Riera de Calders, a Bages)». No és sobrer tenir aquí en compte, a més, com a cas paral·lel, que Carles Riba, referint-se a l'escriptor Francesc Pujols, parlava dels articles «pujolians» (i no «pujolsians», com també és costum d'escriure), tot fent derivar l'adjectiu del substantiu «pujol».

I. LES HISTÒRIES D'*ANTAVIANA*

Totes les escenes de l'obra contenen una breu història —excepte la segona de la primera part i la darrera de la segona part, que són escenes de ball. Per poder identificar més fàcilment cadascuna de les escenes, els posarem un títol (que no serà el mateix que tenen els contes dels quals provenen a fi de poder diferenciar-los-en fàcilment).

PRIMERA PART:
- Escena I: «Naixement del Primer Arlequí»
- (Escena II: Ball de presentació dels personatges)
- Escena III: «El jardí del Senyor Ric»
- Escena IV: «La planta»
- Escena V: «La finestra i el record»
- Escena VI: «La invenció d'*antaviana*»
- Escena VII: «La fada»
- Escena VIII: «El lladre»

ENTREACTE: conté el final de l'escena III i «El gos-raspall»

SEGONA PART:
- Escena I: «La portera i el funcionari»
- Escena II: «La profecia»
- Escena III: «La Hiena»
- Escena IV: «Nit de Nadal»
- Escena V: «En Depa Carel·li»
- Escena VI: «La vida dins el puny»
- (Escena VII: Ball de salutació final dels personatges)[7]

7. Donem, a continuació, la llista dels contes que han estat dramatitzats en cadascuna de les escenes. Primera part: I, «El primer arlequí» (del recull *El primer arlequí*); III, «El principi de la saviesa» (de *Cròniques de la veritat oculta*); IV, «L'"Hedera Helix"» (de *Cròniques...*); V, «La finestra» (de *Tots els contes*); VI, «En començar el dia» (de *Tots els contes*); VII, «Els nens voladors» (de *Tots els contes*); VIII, «Feblesa de caràc-

Imaginació i humor

Analitzar les històries de Pere Calders implica mirar d'esbrinar, d'una banda, per què ens sorprenen i ens captiven la imaginació, i, d'altra banda, per què ens fan somriure o fins i tot riure. Això és: hem de mirar d'esbrinar quins són els mecanismes imaginatius i els recursos humorístics que utilitza l'escriptor.

Ens serviran, com a punt de partença, unes declaracions del mateix Calders —ja que, molt sovint, és l'autor qui millor pot guiar-nos cap a la comprensió d'una obra literària—:

> «Insisteixo, en termes generals, en una posició sempre present en els meus contes: el reflex de la vida quotidiana, corrent, gairebé vulgar, que de sobte es veu trencada per un esdeveniment insòlit que els personatges accepten sense escarafalls.»[8]

Aquest mecanisme, per bé que amb diverses variants, és el que caracteritza —com veurem— la majoria de les històries calderianes. I el més interessant

---

ter» (de *Cròniques...*). Entreacte: «Raspall (conte infantil)» (de *Cròniques...*). Segona part: I, «Ganes de buscar-se-la» (d'*Invasió subtil i altres contes*); II, «L'esperit guia» (de *Cròniques...*); III, «El testament de "La hiena"» (d'*Invasió...*); IV, «Quieta nit» (de *Cròniques...*); V, «La consciència, visitadora social» (de *Cròniques...*); VI, «El desert» (de *Cròniques...*). Al començament d'*Antaviana* es fa constar que un altre dels contes en què es basa l'espectacle és «Cada u del seu ofici» (de *Cròniques...*); d'aquest conte, però, pròpiament sols se n'aprofita un breu passatge dins l'Entreacte (unes paraules de la Locutora sobre els rellotges), però no la història que relata, per la qual cosa no val la pena de considerar-lo.

8. Paraules escrites per Pere Calders amb motiu d'*Antaviana*, citades per Josep Faulí a la seva ja citada entrevista «Pere Calders, senyor d'Antaviana», p. 12.

d'aquestes paraules és que posen en relleu els tres factors que hem de tenir en compte a l'hora d'intentar entendre i explicar-nos el seu funcionament:

— en primer lloc, la realitat quotidiana o mundana (és a dir, del món en què vivim), que és sempre (amb poquíssimes excepcions) l'escenari on es desenvolupen les històries;
— en segon lloc, els fets sorprenents que s'hi esdevenen;
— i en tercer lloc, la reacció dels personatges davant tals esdeveniments.

Sens dubte, allò que més atrau la nostra atenció i el nostre interès són els fets sorprenents i extraordinaris que ocorren dins les històries de Calders. No tots són de la mateixa mena i, per tant, serà útil de dividir-los almenys en dues grans classes (entre d'altres divisions possibles):

— alguns dels fets són inequívocament *sobrenaturals*, en el sentit que no poden ser explicats per cap llei física ni per la raó (pertanyen, doncs, a l'àmbit del meravellós);
— d'altres fets que s'esdevenen són, en canvi, simplement *insòlits*, això és: són situacions i casos sorprenents que resulten extrems i hiperbòlics (exagerats) fins al caire de la inversemblança, però que no deixen de poder ser explicables racionalment i que, doncs, són acceptats com a possibles i reals.[9]

Aquestes són les dues grans menes de fets extraordinaris que ocorren als protagonistes de les

9. Hi ha una tercera mena de fets sorprenents, que són els anomenats *fantàstics*, dels quals, però, a *Antaviana* sols se'n troba un exemple, que veurem al seu moment.

diverses històries d'*Antaviana* (de les quals veurem després els corresponents exemples). Uns fets que els esdevenen sempre al bell mig de la seva realitat quotidiana i mundana. Quan els personatges, llavors, accepten i es resignen a tals esdeveniments, tot integrant-los dins la seva realitat, aquesta canvia de naturalesa i passa a ser:

— o bé una *realitat insòlita* —quan s'hi ha esdevingut un fet insòlit;
— o bé una *realitat sobrenatural* (o *màgica*) —quan s'hi ha integrat un fet sobrenatural.

Convé no perdre de vista que en tots dos casos cal continuar parlant de «realitat» —insòlita o màgica— i no d'«irrealitat» o «sobrerealitat», perquè, justament, una de les característiques de la literatura de Calders és la seva constant aparença de realisme: un realisme que, certament, no deixa de ser estrany i sorprenent —pels fets que hi tenen lloc— i, en darrer terme, imaginari, però que sempre ens és presentat de manera que ens resulti del tot familiar.

Com que aquest és un punt important, val la pena de desenvolupar-lo una mica més.

Realitat, ficció i versemblança

Sabem que, en general, allò que ens expliquen o relaten les novel·les, els contes, les obres de teatre o les pel·lícules, no és real, sinó que és ficció, són fets inventats; i, per tant, com que no són veritat, pròpiament no ens els creiem (sabem que el Tirant lo Blanc o en Superman no existeixen realment). Ara bé: al moment que comencem a llegir una novel·la o un conte, o ens disposem a presenciar una peça teatral o una pel·lícula, es produeix en nosaltres el que un crític romàntic anglès, S. T. Coleridge (s. XIX), anomenà una «suspensió momentània de la incredulitat», és a dir: ens disposem a acceptar com a cert allò que llegirem o presenciarem, ens disposem a creure'ns-ho per uns instants, com si s'establís una mena de pacte —el «pacte de la ficció»— entre l'obra i nosaltres. Per això gaudim del que se'ns relata o se'ns escenifica en les obres com si fos cert, i ens podem identificar, per exemple, amb l'heroi protagonista o podem patir conjuntament amb la pobra víctima d'un monstre terrorífic: perquè, malgrat saber que el que els esdevé no és real (no és veritat), *durant els moments en què llegim o som espectadors* acceptem de creure'ns-ho; talment quan presenciem, en una obra de teatre, com un personatge en mata un altre en un duel, ens creiem que l'ha mort, malgrat que sabem que dalt de l'escenari tothom és ben viu i no hi ha cap mort real. En definitiva: ens deixem absorbir pel món inventat, ens submergim en el món de ficció que les obres ens presenten davant dels ulls.

Aquesta acceptació momentània del que se'ns explica o representa en les obres de ficció té, però, uns certs límits: els de la versemblança, que estan en relació amb les característiques del món de ficció en què transcorre l'obra. Amb altres paraules: cada obra crea el seu propi món, la seva realitat (pensem en els mons ben diferents d'*Alícia en terra de meravelles*, *Hamlet*, *La guerra de les galàxies* o *La plaça del Diamant*), i cadascun d'aquests mons està regit per unes lleis i té els seus límits respecte al que hi és possible i explicable racionalment i, doncs, versemblant (un fet com l'engrandiment sobtat de la mida del cos d'Alícia, perfectament possible i creïble en el seu món meravellós, i potser també en el món fantàstic de *La guerra de les galàxies*, resultaria ser un fenomen del tot increïble i inversemblant en el *Hamlet* o en *La plaça del Diamant*).[10]

També són els límits de la versemblança els que determinen la interpretació que fem dels fets de la nostra realitat quotidiana, la qual es regeix per unes lleis físiques que tots coneixem. Si, per exemple, un amic nostre, que sabem que ha anat de vacances a l'Àfrica, ens explica que hi va abatre d'un tret un gran elefant i que el va arrossegar ell tot sol fins a l'hotel, potser ens creurem la primera acció, que és possible, però en absolut la segona, perquè sabem que és físicament impossible i, doncs, del tot inversemblant.

Aquestes mateixes lleis físiques i aquests límits de la versemblança del nostre món determinen la interpretació que fem dels fets narrats en les obres de ficció ambientades en la mateixa realitat quotidiana (ja siguin novel·les, pel·lícules, etc.). I, per tant, mentre el que se'ns hi explica no vulneri tals lleis i tals límits estarem disposats a creure'ns-ho, és a dir, durem a terme aquella «suspensió momentània de la incredulitat» i ens submergirem en el món fictici de l'obra (que en aquest cas és una recreació del nostre actual). Conseqüentment, si en una novel·la de mena realista se'ns relatés que una persona normal i corrent va arrossegar un elefant, ho trobaríem tan inversemblant com quan ens ho explicava el veí i no ens ho creuríem, amb la qual cosa es trencaria el «pacte de la ficció» entre l'obra i nosaltres.

És igualment l'ambientació en la realitat quotidiana el que caracteritza els contes de Calders i,

10. Són casos extrems i excepcionals, en què no hi ha límits a la versemblança, pel·lícules còmiques com ara *Hot Shots* o *Aterriza como puedas*, en què tot, fins allò més inversemblant i impossible, està permès i, per tant, estem disposats a acceptar qualsevol cosa que hi aparegui.

doncs, les escenes d'*Antaviana*. Però en aquests contes i en aquestes escenes s'hi esdevenen fets extraordinaris que trenquen (o gairebé) les lleis i els límits del que hi és possible i versemblant (des d'aparicions d'esperits i fades fins a assassins extremament i increïblement ingenus i taujans). I, amb tot, mentre llegim els contes o presenciem les escenes calderianes mai no podem deixar d'acceptar i creure'ns com a possible allò que se'ns hi narra per sorprenent que sigui, de manera que mai no es trenca el «pacte de la ficció». Per què? Doncs perquè la gran habilitat literària de Calders consisteix a representar-nos aquells fets extraordinaris d'una manera tan quotidiana i familiar, a integrar-los tan naturalment en la realitat dels personatges tot fent que els acceptin i els assimilin com una part més de la seva existència en aquest món, que no podem més que considerar que tals esdeveniments inusuals i meravellosos no deixen de ser possibles i, doncs, versemblants dins el món de l'obra. Un món que és encara una recreació del nostre, només que amb la variant que s'hi ha integrat un fet extraordinari que n'altera certs aspectes (alguns comportaments), per la qual cosa hem de qualificar la seva realitat d'insòlita o sobrenatural; però que continua essent *realitat*, ja que no deixa de tenir la mateixa aparença de la nostra realitat quotidiana. És per això —insistint en el que ja apuntava abans— que és més pertinent parlar de «realitat», respecte a les històries de Pere Calders, que no d'«irrealitat». Precisament, una de les fonts de l'humorisme calderià és el contrast que s'estableix entre el caràcter extraordinari de les situacions que s'esdevenen i l'aparença de quotidianitat i normalitat amb què ens són relatades o representades.

Ara bé —i ja per acabar—: que les situacions extraordinàries que presenten els seus relats ens resultin possibles i versemblants no vol dir que Calders ens vulgui convèncer que la realitat insòlita o sobrenatural és més vertadera que la realitat mundana i quotidiana; les seves sorprenents històries no són sinó un recurs crític per fer-nos adonar que el que creiem que és la realitat —amb el seu ordre, les seves normes i la seva lògica— té molt d'absurd, i que el que creiem que queda fora de la realitat —el somni, la imaginació, la fantasia— és tan real com les coses que podem veure i tocar. Arribar a prendre consciència d'això és el que ens indicarà que hem llegit bé Calders i que, per tant, no ens hem cregut les seves històries en va.

Aclarida ja aquesta qüestió, anem a veure les divisions i classificacions que abans hem establert (entre fets insòlits i meravellosos, i les respectives realitats) aplicades a l'anàlisi i explicació de les diferents breus històries que constitueixen *Antaviana*.

Història de l'Arlequí

Remarcava més amunt que la realitat quotidiana o mundana és, amb poquíssimes excepcions, l'escenari on tenen lloc les històries de Calders. Una d'aquestes excepcions —l'única de l'obra— la constitueix la que se'ns representa a la primera escena: el naixement del primer Arlequí, fill d'Adam i Eva. La presència d'aquestes dues figures bíbliques, juntament amb la del personatge de la *commedia dell'arte*,[11] ens situen immediatament dins el

11. Va rebre el nom de *commedia dell'arte* un tipus de representació teatral d'obres còmiques originat a Itàlia al segle XVI. Jugava molt amb la improvisació a partir d'uns arguments i uns escenaris més o menys fixats. Tenia diversos personatges característics, com ara la Colombina, el Pantalone, el Pedrolino (que esdevindrà el Pierrot francès), l'Arlequí, etc.

món del mite i de la faula, en el món de la imaginació i la fantasia, i, en definitiva, el de la literatura i l'art —perquè, com diu la mateixa cançó del personatge nounat,

> *jove Arlequí, quan obrires la finestra*
> *fou encetat el principi teatral.*

Això ja ens indica que la funció d'aquesta primera escena és plenament simbòlica: d'una banda, l'infantament de l'Arlequí simbolitza el naixement d'un món nou;[12] i amb aquest món nou se'ns convida a deixar la realitat que coneixem i a submergir-nos en una de diferent, poblada de fets meravellosos i sorprenents: és el món d'*Antaviana*, l'obra literària que ens disposem a llegir (o a presenciar, en el cas que assistíssim a la seva representació escènica).

Les diverses menes de fets. Un fet insòlit

Un cas ben sorprenent s'esdevé a l'escena I de la segona part («La portera i el funcionari»). En principi, les primeres paraules que el funcionari adreça a la portera s'ajusten perfectament a una situació corrent en la nostra realitat quotidiana:

12. L'escenografia pretén, també, de suggerir aquest simbòlic nou món creat, amb la cortina que divideix diagonalment l'espai tot fent una línia divisòria que «no és recta, sinó que fa ondulacions irregulars que pretenen evocar el perfil de les zones costeres d'un mapa, o qui sap si un país vist des del cel», i amb la gasa blava de la paret del fons «amb representacions de cossos celestes pintats al damunt (astres, planetes, galàxies...)». I també té un sentit simbòlic el vestit de l'Arlequí, que vol representar l'origen comú de tota la Humanitat, ja que en ell es barregen tots els colors de «la paleta de les races del món».

«Vinc a cobrar el gas»; i també s'hi ajusta la rèplica[13] de la portera: «No tenim gas», per la qual interpretem que el funcionari simplement s'ha equivocat. La situació comença, però, a esdevenir *insòlita* quan el mateix cobrador ara demana per l'electricitat (sobretot perquè generalment acostuma a haver-hi un cobrador per a cadascun dels diferents serveis),[14] i encara ho esdevé més quan ella li respon que tampoc no en gasten, d'electricitat (essent, com sabem, un servei tan corrent, alhora que resulta ja estrany que el cobrador s'equivoqui per dues vegades); i esdevé extremament insòlita quan el funcionari pregunta per l'aigua i la portera respon que no en fan servir. De fet, en aquestes darreres rèpliques la situació ja deixaria de ser pròpiament insòlita (és a dir, extrema però possible) i esdevindria absurda i inversemblant (no és creïble que en una casa no utilitzin aigua), si no fos que, per les acotacions que acompanyen el diàleg,[15] ens adonem que aquest s'esdevé enmig d'un

13. Anomenarem «rèplica» qualsevol intervenció parlada dels personatges, sigui llarga o breu.

14. Això, és clar, a l'època en què va ser escrita la història, als anys setanta, quan encara passaven per les cases molts cobradors. Avui dia, la majoria de la gent domicilia els rebuts en bancs i caixes d'estalvi.

15. Les «acotacions» són els textos entre parèntesis i en cursiva que contenen indicacions sobre la manera com s'ha de representar l'obra; per exemple, la inicial, que ens indica que el Funcionari parla «*sense acabar d'entrar*» en escena; o la que, més avall, ens diu que la Portera «*observa el paper, amb posats de coqueta*» (a *Antaviana* també són acotacions, malgrat que apareixen en lletra rodona, els breus textos que encapçalen la majoria de les escenes). Acostumen a donar informacions diverses: sobre la disposició que ha de tenir l'escenari (decorats, objectes, llum, etc.), les entrades i sortides dels personatges, el seu vestuari, la manera com han d'actuar (si han d'estar tristos o alegres, capficats o distrets), etc. Tam-

joc amorós i de festeig entre la portera i el funcionari, que és el que justifica aquelles rèpliques aparentment absurdes —les quals, per tant, no hem d'interpretar literalment, ja que en realitat el funcionari no ha anat a cobrar res. Així mateix cal entendre la sorprenent darrera rèplica: «En aquest cas, si em fa el favor, la violaré, que és una cosa que sempre ve de gust» —amb el contrast humorístic entre la fórmula de cortesia «si em fa el favor» i la cosa tan poc cortesa que es demana: «la violaré»—, perquè ara ja sabem que no ha de ser interpretada literalment: és igualment dita amb un esperit de joc amorós, el qual es fa encara més evident quan el funcionari li ofereix un ram de flors.[16]

---

bé indiquen les accions externes que han de representar els actors en escena (des d'asseure's en una cadira fins a clavar un punyal a algú); fins i tot una acotació pot explicar la representació de tota una escena en què no hi ha diàleg (com en el cas de la II de la primera part i la VII de la segona, o de gairebé la totalitat de la V de la primera part). Les acotacions i les rèpliques dels diàlegs són els components bàsics de tot text teatral (per bé que hi ha dramaturgs que prescindeixen de les indicacions escèniques i deixen tota la iniciativa de la representació al director i als actors).

16. Aquesta insòlita escena, tal i com apareix dins *Antaviana*, ben mirat no deixa de constituir una situació corrent en la nostra realitat mundana, ja que en alguna ocasió tots ens hem inventat, per voluntat de joc, un diàleg sorprenent, o fins i tot ens hem creat un personatge i l'hem representat davant de la persona amb qui, d'alguna manera, volíem jugar o bromejar (pensem, per posar un exemple ben simple, en el fet usual de deixar passar un amic abans que nosaltres per una porta i, tot fent una reverència, dir-li, amb esperit jogasser: «Passi vostra senyoria», fingint-nos el seu servent). Resulta, en aquest sentit, molt interessant de comparar aquesta escena d'*Antaviana* amb el conte originari, «Ganes de buscar-se-la»; cosa que farem en el capítol següent d'aquesta introducció.

Un fet sobrenatural

L'escena de «La planta», la IV de la primera part, inicialment fa l'efecte que hauria de ser inclosa entre les històries de realitat insòlita. Novament, el seu punt de partença és una situació normal i quotidiana: un home que va a comprar una planta. Aquest simple fet comença a esdevenir insòlit quan especifica que té pressa i que la vol que creixi «en qüestió d'hores»; i ho esdevindrà extremament en comprovar que, quan encara no fa ni un minut que l'ha comprada, la planta ja li ha crescut entre les mans fins al punt «que l'embolcalla i no el deixa caminar». Aquest fet, però, ja no el podem qualificar d'insòlit sinó, pròpiament, de *sobrenatural,* ja que sabem que és del tot impossible que una planta pugui créixer en segons. Som, doncs, davant d'un fet que s'escapa a les lleis físiques; però un fet que és, amb tot, perfectament acceptat tant pel venedor com pel comprador (aquest, de fet, n'acaba patint els efectes), amb la qual cosa s'integra dins la nova realitat en què s'emmarca l'escena: una *realitat sobrenatural* o *màgica*.

Un fet *fantàstic*

Una de les escenes més extenses és la III de la primera part («El jardí del Senyor Ric»), en el decurs de la qual són diversos els fets sorprenents que s'esdevenen: des de la mà tallada que apareix al jardí fins a les diverses coses que la gent hi va retrobant. Abans de tots aquests esdeveniments, però, té lloc la conversa entre el Senyor Ric i una seva veïna sobre «la influència de la lluna». La importància d'aquest diàleg cal cercar-la en el fet que condiciona la nostra interpretació inicial de la descoberta de la mà tallada: perquè si en un principi hauríem tendit a cercar una explicació racional a la troballa (per exemple, algú que ha patit un accident o ha estat víctima d'un atemptat), quan recordem la conversa sobre el poder misteriós de la lluna i que, a més, la nit anterior era de lluna plena, dubtem si tal fet no pot tenir un origen sobrenatural i ocult. Vacil·lem, doncs, entre trobar una causa natural o una de sobrenatural a aquell fet; i aquesta vacil·lació ens indica que ens hem situat en el que s'anomena el món del *fantàstic*.[17] El desenllaç d'aquesta escena s'esdevé durant l'emissió del programa de ràdio de l'Entreacte, en el qual se'ns explica l'origen concret de la mà tallada, que no té res de sobrenatural (l'analitzaré més avall), amb la qual cosa desapareix la nostra vacil·lació i passem a considerar el fet simplement d'*insòlit*. Fins que aquest moment no arriba, però, l'escena transcorre davant els nostres ulls dins el que podem anomenar una *realitat fantàstica*, resultant de la nostra incertesa entre qualificar aquell fet o bé d'insòlit o bé de màgic i sobrenatural —no així el protagonista, que, com els d'altres escenes, simplement assumeix el fet d'una manera natural,

17. Aquesta denominació és deguda al crític Tzvetan Todorov, el qual, en el seu estudi, ja clàssic, *Introducció a la literatura fantàstica*, assenyala que hi ha dues maneres d'explicar els fenòmens estranys: per causes «naturals» i per causes «sobrenaturals», i que «la possibilitat de vacil·lar entre unes i altres crea l'efecte fantàstic». Defineix, així, el que és «fantàstic» com «la vacil·lació que experimenta algú que no coneix més que les lleis naturals davant un esdeveniment aparentment sobrenatural», i remarca que «tant la incredulitat total com la fe absoluta ens portarien fora del fantàstic: el que li dóna vida és la vacil·lació» (T. Todorov, *Introducción a la literatura fantástica* [*Introduction a la littérature fantastique*, 1970], trad. de Silvia Delpy. Barcelona: Ediciones Buenos Aires, 1982, pp. 34-41).

fins al punt de posar un anunci tot cercant el propietari de la mà trobada; una nova mostra de com Calders ens presenta el meravellós amb una aparença de familiaritat i quotidianitat.

A diferència de la descoberta de la mà (que, insistim-hi, tot i ser d'allò més sorprenent, al final sabem que té una explicació ben raonable), el fet que el Senyor del Gramòfon retrobi el seu vis de vanadi dins el jardí és un esdeveniment del tot *sobrenatural*, ja que el tal senyor manifesta no haver-hi estat mai i, per tant, és del tot inversemblant que l'hi pugui trobar. En canvi, la posterior descoberta de la cartera del Lladre Ric no passa de ser un fet *insòlit*, ja que el tal lladre explica perfectament com la va perdre al jardí en saltar el mur —i el que el fet té d'insòlit, i d'humorístic, és que un lladre, que justament furta les carteres dels altres, perdi la seva en un robatori.

Jocs lingüístics

Casos a part són els que esdevenen als altres dos personatges que apareixen a l'escena, perquè són sengles exemples dels jocs lingüístics que Calders acostuma a utilitzar en molts dels seus relats. El Senyor Ric ha posat un anunci en el qual es declara: «Algú ha perdut una cosa molt important en un jardí de casa bona. El qui acrediti d'ésser-ne propietari, que es presenti en bona forma i li serà donada satisfacció.» Moguda per l'anunci, una noia acudirà al jardí i manifestarà que hi ha perdut l'honradesa, i després serà un lampista el que s'hi presentarà, tot afirmant que hi va perdre la memòria. Ambdós fets no passen de ser *insòlits*, ja que, malgrat tractar-se d'una coincidència sorprenent, cadascun té la seva explicació lògica: la noia va ser seduïda per Galsworthy, el majordom;

i el lampista, en intentar de collir una poma enfilat dalt de la finestra, va caure i va quedar commocionat i amnèsic. Però el que és interessant de remarcar, i accentua el caire sorprenent i alhora humorístic de l'escena, és que Calders està jugant amb tres accepcions o significats diferents del terme «perdre».[18] D'una banda, quan es diu que algú —com en el cas que ens ocupa— «ha perdut una mà» (o un ull o els cabells), el mot s'utilitza amb el significat de 'veure desaparèixer, deixar de conservar', com en la frase: «Un accident li va fer perdre un ull i una cama», frase amb què es dóna entenent que l'ull i la cama li han desaparegut: no que es trobin en un altre lloc, sinó que són irrecuperables. Però com que el Senyor Ric l'ha trobada, la mà, al jardí, fa servir la paraula (tant quan parla amb els criats com a l'anunci) no en aquest primer sentit sinó en la seva accepció més usual, que és la de 'deixar de tenir una cosa a causa d'alguna contingència', un sentit que implica que allò que teníem i que accidentalment ja no tenim es troba en alguna altra banda; i és en aquest sentit que algú pot «perdre» una cartera o una peça de gramòfon, i després les pot retrobar al lloc on les va perdre. El mot és, però, encara emprat, dins l'escena, en una tercera accepció, present en les expressions «perdre la memòria», del lampista, i «perdre l'honradesa», de la noia: en ambdós casos significa 'deixar de posseir una qualitat, una manera d'ésser', que és el que són la memòria i l'honradesa (a diferència d'una cartera o d'una mà, que són coses materials). Aquest ús implica que tant el lampista com la noia han interpretat l'anunci en un sentit que no és el correcte (ja que es referia a la pèrdua

18. Extrec les definicions que segueixen del *Diccionari de la llengua catalana* d'Enciclopèdia Catalana (Barcelona, 1994^3).

d'un objecte material): n'han fet el que en podem dir una *interpretació desviada*.[19] Aquest és un dels jocs lingüístics característics de Calders, que a l'escena s'afegeix al de l'alternança en l'ús de les diferents accepcions de la paraula «perdre», en el contrast semàntic entre les quals (en posar de costat, per exemple, la pèrdua d'una cartera amb la pèrdua de l'honradesa) s'origina bona part de l'humorisme de l'escena vista en conjunt.[20]

El capgirament de la lògica i el trencament d'expectatives

La situació amb què s'enceta l'escena VIII de la primera part («El lladre») és, d'entrada, perfectament emmarcable dins la nostra realitat munda-

19. D'aquest recurs calderià, en tenim un altre exemple al desenllaç de l'escena relatat a l'Entreacte, en el qual la persona que s'ha tallat la mà explica que va fer-ho per poder complir amb allò que diuen les paraules dels Evangelis: que «la mà dreta no ha de saber mai el que fa l'esquerra». Aquest és un cas claríssim d'*interpretació desviada* d'un enunciat, ja que la citada frase de l'evangeli de sant Mateu (6:13), com moltes de la Bíblia, no ha de ser entesa en un sentit literal, sinó figurat o al·legòric (el seu sentit és que, quan realitzem actes de caritat, no hem de fer-ne ostentació i vanagloriar-nos-en; amb altres paraules: que mentre amb una mà fem almoina, amb l'altra no cridem l'atenció per donar a entendre a tothom que bons que som). El personatge, però, interpreta literalment (i, doncs, desviadament) el passatge evangèlic, i, com que les mans gairebé sempre actuen aparellades (barrejades, promíscuament), a l'últim se'n talla una per poder complir estrictament aquell precepte.

20. En cadascuna de les situacions que s'esdevenen dins l'escena trobaríem, d'altra banda, els seus particulars trets humorístics; per exemple, en la conversa entre el Senyor Ric i el Lladre Ric, d'un polidesa i correcció inesperades (és el mateix cas de la conversa que s'esdevé en l'escena VIII de la primera part, com veurem més avall).

na, malgrat tractar-se d'un fet que evidentment (i sortosament) no s'esdevé cada dia: un home, a la nit, descobreix que ha entrat un lladre al seu pis. Tots ens podem imaginar tal situació i tots ens fem una idea del que és probable que hi succeeixi; se'ns crea, així, una expectativa. Però un dels procediments característics de Calders és, justament, el de *trencar les nostres expectatives*, en aquest cas des de la primera i insòlita reacció de l'Home: «Ja hi som!», com si el que li succeeix fos un fet del tot habitual; i encara més insòlites resulten les paraules que adreça al lladre: «Ep! Parlem-ne», d'una tranquil·litat i una desimboltura sorprenents tenint en compte a qui s'està dirigint. Hauríem esperat que s'esdevingués una conversa tensa entre malfactor i víctima, i fins i tot que s'arribés a la violència; però el diàleg transcorre amb una serenitat i una correcció extremes, i enlloc de la força els personatges apliquen la raó i la lògica. És, justament, del contrast entre el que la situació té de tibant (es tracta d'un robatori) i la polidesa i calma amb què s'expressen els personatges, que sorgeix bona part de l'humorisme de l'escena.

Dins el diàleg, hi ha un moment en què el lladre relata la seva pròpia història. Una història que també resulta insòlita: se'ns presenta com un home que, abans d'esdevenir un delinqüent, havia tingut una conducta extremament moral, arribant fins a la taujaneria i al viure tediós, cosa que havia provocat unes reaccions immorals o amorals en les persones que l'envoltaven (el fill, la muller, l'amic i fins i tot el capellà), les quals el van dur a deixar la seva vida honrada. La víctima del robatori del pis, en sentir, llavors, aquesta història, davant la por que li pugui esdevenir el mateix —ja que es considera una bona persona— opta per la decisió de seguir els passos del lladre i també fer-se'n. Una decisió que, per tot el que ha passat i s'ha dit dins l'escena, sembla ben raonable i lògica. Però, és que ho és, en realitat? Què ha passat, doncs? Que s'ha produït un *capgirament de la lògica*: el que inicialment hauria semblat lògic i raonable és que la víctima convencés el Lladre que el que fa està malament i que hauria de canviar de vida; i, tanmateix, l'escena ens fa veure com a lògic allò que ens hauria semblat més il·lògic: que el malfactor convenci l'Home que ha de deixar la vida moralment correcta que porta i esdevenir un delinqüent. Amb aquest recurs literari, Calders, en darrer terme, posa de manifest que les coses no són sempre el que semblen, que tot és relatiu i que no hi ha veritats absolutes. La seva mirada crítica treu, així, a la llum aquella certa part d'absurd que hi ha en les coses que donem com a certes i segures (ni el bo és sempre bo, ni el dolent és sempre dolent); una mirada crítica que posa en relació l'autor d'*Antaviana* amb l'anomenat Grup de Sabadell (Joan Oliver, Francesc Trabal i Armand Obiols), que es caracteritzava per la seva voluntat de posar en qüestió els valors i les convencions de la societat mitjançant la ironia i l'humor.

Un cas no gaire diferent s'esdevé a l'escena III de la segona part. Hi trobem un assassí ocasional (un «militant» d'alguna associació o d'algun partit que s'ha avingut a fer d'assassí), amb el sobrenom de «La Hiena», a qui han encomanat la feina de matar d'un tret un cert funcionari; ell, però, en lloc d'actuar com esperaríem d'un criminal, protagonitza una situació insòlita: no es decideix a disparar, tot i estar convençut del que ha de fer, perquè sent que «no hi havia prou franquesa» amb la víctima com per matar-la de seguida, té por de fer-li mal en disparar-li i, a més, l'incomoden «els escrúpols, que també pesen». Són uns pensaments i sentiments que, tal i com els exposa, no deixen de semblar ben raonables, ja que és lògic que algú vulgui agafar confiança amb la persona amb qui ha de tractar, i que vulgui evitar de fer-lo patir, i que senti escrúpols davant qualsevol mala acció envers ella. Però novament Calders ha *capgirat la lògica*, ja que aquests sentiments als quals dóna una aparença de lògics són del tot il·lògics en un assassí.

Si observem, ara, les reaccions del funcionari, d'entrada ens fan l'efecte de ser del tot il·lògiques: per exemple, la seva preocupació pels coneixements d'anatomia de l'assassí, o la fredor i crueltat que demostra en voler que li dispari a la nuca. Però al final ens adonem que aquest insòlit comportament és del tot lògic, ja que es tracta d'un estratagema per enganyar l'assassí.[21] La gràcia de l'escena és, precisament, que l'assassí hi aparegui com algú compassiu, i la víctima, com algú despietat, just al revés del que hauríem esperat; novament Calders ha jugat, doncs, amb el procediment de *trencar les nostres expectatives*. En aquesta història, l'humorisme, d'altra banda, és ben evident, ja que s'origina en el contrast que s'estableix entre allò que pretén dur a terme el protagonista i allò que finalment li resulta: aspirava a assassinar un home i acaba essent-ne ell la víctima.[22]

21. Fixem-nos que el comportament insòlit del funcionari és fingit, a diferència del de l'assassí, que és degut a la seva extrema ingenuïtat —la qual fa que pugui ser enganyat amb un truc tan simple com el que se'ns explica.

22. Aquest és un mecanisme d'humor molt corrent, consistent en el contrast entre una gran aspiració i una realització limitada o fracassada. Pensem en l'humorisme —sovint, trist humorisme— de moltes escenes protagonitzades pel Quixot, com quan aspira a derrotar uns terribles gegants que al final no són sinó molins de vent, o quan es proposa d'escometre tot un gran exèrcit que al capdavall resulta ser sols un ramat de bens. El final de la història de «La Hiena» resulta humorístic per aquest mateix procediment, ja que ell manifesta la voluntat de llegar el seu sobrenom a la posteritat com el d'un terrible assassí, quan ja hem vist que de terrible ben poca cosa té.

Cal incloure, encara, dins el present apartat la breu escena II de la segona part («La profecia»). En ella, però, ens situem dins una realitat de caire *sobrenatural* en esdevenir-s'hi la predicció que fa l'Home protagonista del descarrilament d'un tren —essent la capacitat de profetitzar un do miraculós i sobrenatural. Com també entra dins la mateixa categoria, si bé ara perquè resulta increïble i inversemblant, el fet que, com sabrem després, el tren descarrili cada dia. Aquests dos fets, però, dins la realitat de l'escena fan l'efecte de ser d'allò més corrents i naturals. I Calders aconsegueix tal efecte de nou per mitjà del *capgirament de la lògica*: tot allò que podria semblar lògic, en la nova realitat de l'escena esdevé il·lògic (o absurd), i tot allò il·lògic passa a ser lògic. Fixemnos que el que pretén l'Home sembla ben raonable: havent tingut la revelació profètica de l'accident d'un tren, vol advertir el Funcionari perquè es facin les oportunes prevencions; i un cop s'assabenta que el descarrilament del tren s'esdevé diàriament, amb tot no deixa d'expressar la seva lògica preocupació pels viatgers. La conversa amb el Funcionari, tanmateix, posa de manifest que les seves inquietuds no tenen raó de ser (és a dir: que són absurdes): en primer lloc, perquè la seva revelació no té res de profètica, ja que prediu una cosa que ja se sabia; en segon lloc, perquè el seu advertiment és superflu, ja que, essent una cosa corrent i quotidiana, que el tren descarrili, tothom ja està avisat i advertit; i en tercer lloc, perquè la seva preocupació pels viatgers és innecessària, ja que són molt pocs els qui agafen aquell tren i, a més, estan tots assegurats. Les intencions de l'Home, així, que inicialment ens semblaven del tot lògiques, ens resulten absurdes a la llum del que diu el Funcionari, que és qui ens sembla ara que té la raó i, doncs, la lògica. Però no hem de perdre de vista que la seva lògica es basa en l'acceptació de tot de fets sobrenaturals o inversemblants que, com a tals, són il·lògics (no explicables racionalment): fets com ara que un tren descarrili cada dia; que, malgrat tot, es permeti que hi hagi passatgers que l'agafin; i, encara, que els facin una assegurança. Tot, doncs, s'ha capgirat: el lògic ha esdevingut il·lògic (o absurd), i l'il·lògic, lògic; i del contrast que en resulta sorgeix l'intel·ligent humorisme d'aquesta escena.[23]

23. Val a dir que no queda gens clar el sentit que cal donar a la darrera rèplica de l'escena: «HOME *(tot alçant el puny, amenaçador)*: Que en sou, de quimèrics!». I la causa es troba en la inadequada adaptació dramàtica que s'ha fet del final del relat originari, «L'esperit guia» (de les *Cròniques de la veritat oculta*). En aquest conte, la revelació profètica de l'accident li és comunicada a l'Home per mitjà d'un esperit (un dels diversos que se li apareixen) que el ve a trobar a la seva cambra i li manifesta la seva preocupació per un dels passatgers del tren («del qual tinc cura», li diu, «perquè sóc un esperit parent seu» [p. 146]). Quan, al final, l'Home s'assabenta que el descarrilament és un fet diari i de tothom sabut, molest perquè l'esperit l'hagi destorbat en va, li etziba (referint-se no sols a aquest esperit en concret, sinó a tots en general): «Que en sou de quimèrics!», amb el sentit que s'enquimeren, és a dir, s'amoïnen i passen ànsia per coses que no tenen més importància, essent normals i quotidianes. En canvi, a l'escena d'*Antaviana*, on s'han eliminat els esperits, l'exclamació sols pot anar dirigida al Funcionari (i, doncs, als funcionaris en general), però no té sentit, ja que hem vist que, precisament, el tal Funcionari no s'inquieta ni s'enquimera gens ni mica per l'accident. (Quant a l'origen del conte sobre el qual es basa aquesta escena, vegeu els exercicis finals.)

La manca de fantasia[24] i la degradació del sobrenatural

Una escena que conté un fet sobrenatural és la VI de la segona part («La vida dins el puny»), en la qual se'ns diu que un dia «aparegué l'Enric amb la mà dreta embenada, marcant el puny sota la gasa», un puny dins el qual reté la vida que se li escapava (transfigurada en una bola daurada). D'aquesta història, el més significatiu són les reaccions dels personatges. D'una banda, cal deduir que el protagonista, tot i que no diu res en tota l'escena, ha assumit el fet sobrenatural «sense escarafalls» —com explicava Calders—[25] i l'ha integrat dins la seva nova realitat, ara ja sobrenatural. Però ben diferent resulta la reacció de les persones que envolten l'Enric (de les quals sols sentim les veus). Hauríem esperat que fos o bé de completa acceptació del fet, com el mateix protagonista, o bé de total incredulitat; però no és ni l'una cosa ni l'altra, sinó que reaccionen amb una absoluta incomprensió del que ha esdevingut al protagonista. No és que no se'l creguin, sinó que no entenen la transcendència sobrenatural del fet i l'interpreten com si fos un mer accident o contratemps domèstic, talment hagués agafat un constipat o s'hagués trencat un dit. En definitiva: duen a terme el que en podríem dir una *degradació del sobrenatural*. I per això les seves reaccions resulten absurdes («Fa mal?», «Té tos a les nits?») i, conseqüentment, còmiques: pel contrast entre el nivell extraordinari on se situa el fet i el nivell de realitat quotidiana on se situen les seves reaccions. És amb aquesta ma-

24. A partir d'ara, utilitzaré els termes «fantasia» i «fantàstic» en el seu sentit usual (i no en el sentit que havia definit abans seguint l'estudi de Todorov).

25. Josep FAULÍ, «Pere Calders, senyor d'Antaviana», p. 12.

teixa actitud que al final insten l'Enric a obrir el puny, tot considerant que tenir-lo tancat és una dèria infantil o un simple entossudiment; però, en realitat, és un fet tan transcendent que l'hi va la vida; i així es revelarà al final de l'escena, quan, per descuit, tot saludant els personatges del circ, desclourà el puny i la vida se li esmunyirà.

En aquesta història, doncs, a diferència d'altres que hem vist, només el protagonista se situa plenament en la nova realitat sobrenatural i màgica, mentre que els altres personatges romanen en la realitat mundana, incapaços de comprendre allò que li esdevé. Calders posa, així, de manifest la incapacitat de tots ells per a la fantasia. I, de fet, amb aquesta història el que pretén és fer un crit d'atenció sobre una mancança que creu que va estenent-se dins la societat: i és la seva incapacitat de deixar-se endur pel joc de la imaginació i la fantasia, d'acceptar molts fets meravellosos o simplement sorprenents que de tant en tant s'esdevenen.[26]

Aquest propòsit es fa del tot explícit a l'escena «Nit de Nadal» (la IV de la segona part). El cas sobrenatural que s'hi esdevé és l'aparició física d'un personatge llegendari (una figura no real, pertanyent a les tradicions nadalenques) com és el Pare Noel. A diferència dels participants en la darrera escena analitzada, els d'aquesta història de bon principi accepten amb plena normalitat aquesta

26. Resulta reveladora, quant a aquest punt, la conversa que Calders mantenia amb Josep M. Espinàs (p. 36):

«—Sempre m'ha passat», explicava Calders, «que alguna cosa que jo veig —o visc, o sento—, tinc ganes d'explicar-la als altres, i es veu que em surt d'una manera que es qualifica d'absurd, d'insòlit, d'imaginatiu i encara no m'hi he avesat ben bé (...).

—Per a tu és natural...

—Per a mi sí, en passen, de coses estranyes.»

aparició sobrenatural (ni s'espanten ni neguen que el vell de la barba sigui Santa Claus) i, doncs, l'integren dins la seva realitat. Podríem afirmar, per tant, que ells sí que tenen capacitat per a la fantasia. Però de seguida es fa evident que no és així i que també els en manca; perquè, tot i que accepten l'aparició, no arriben a entendre el que representa de meravellós i transcendent la figura del Pare Noel en tant que encarnació de la bondat i l'amor nadalencs. Novament es produeix, doncs, una *degradació del sobrenatural*, ja que contemplen Santa Claus no des del nivell del meravellós sinó des de la perspectiva de la seva realitat mundana. I, des d'aquesta perspectiva, l'únic que entenen és que tal figura no s'adequa a les tradicions que ells segueixen (que són les del pessebre i els Reis d'Orient); per això el reben amb recel i malfiança, i fins i tot el tracten com si fos un funcionari municipal o un venedor a domicili («...ens ofereix uns serveis que no li hem demanat»; «...si el senyor s'entesta a deixar alguna cosa, i no hem de signar cap paper...»; «Quant li devem, per la molèstia?»; «...un altre any que vingui, telefoni abans...»). Són reaccions del tot semblants a les dels personatges de l'escena anterior —i són igualment còmiques, pel contrast entre el nivell sobrenatural on se situa el Pare Noel i la perspectiva de realitat quotidiana des de la qual se'l miren.

Convé fixar-se en el fet que, en aquesta escena, la manca de fantasia té una raó ben concreta. Ja hem apuntat que el que determina les reaccions dels personatges és que Santa Claus no encaixa amb les tradicions nadalenques que ells segueixen. Això no hauria de ser obstacle perquè tractessin aquesta figura amb el respecte degut, sobretot pels valors positius que encarna. Però ja hem vist que no el reben gens bé. I la raó és que aquella família segueix les tradicions no en el que tenen de vivències i creences col·lectives, sinó en el que tenen de costums fixats i codificats; és a dir: les segueixen no tant perquè creguin en el que signifiquen com perquè està decretat que s'han de seguir, talment una regla o una llei imposades; i tot el que no s'hi ajusta, cal que sigui rebutjat. Aquesta escena, així, enclou un nou avís de Calders, semblant al de l'anterior: i és la de prevenir del perill que correm de no saber alliberar-nos de les traves que ens imposa la societat, de subjectar-nos en excés als seus reglaments i les seves lleis, la qual cosa ens impedeix de deixar volar lliurement la nostra imaginació i la nostra fantasia. És el que, en darrer terme, acaba manifestant el mateix Pare Noel: «Ja me'n vaig, ja me'n vaig (...). Seria inútil negar que la Proclamació dels Drets de l'Home ha ocasionat un esmussament general de la fantasia. Ja no es poden fer miracles sense el permís explícit de l'interessat. La gent està tan feta malbé pels progressos de la ciència que ja no admet més d'un prodigi metafísic per any...».[27]

També es produeix una aparició a l'escena V de la segona part, la de l'assassí professional Depa Carel·li. En aquest cas, es tracta de l'encarnació de la consciència de l'assassí en la figura d'un àngel. L'espant que li produeix cal atribuir-lo tan sols a la forma sobtada com irromp en l'escena, ja que en Depa inicia tot seguit una conversa perfectament normal i natural amb l'àngel, cosa que permet d'a-

27. Amb aquestes paraules no és que el Pare Noel es pronunciï en contra dels Drets Humans, sinó que vol remarcar que l'afany per reglamentar i codificar la nostra vida ha arribat fins a l'extrem d'haver de formular una llista que registri cadascun dels drets dels homes, drets que solament els són reconeguts en tant que apareixen codificats dins aquesta llista —drets que, d'altra banda, i no ho perdéssim de vista, en una societat justa i lliure no hauria calgut de proclamar-los per ser del tot evidents.

firmar que l'ha integrat dins la seva realitat. Amb tot, se'ns fa evident que, una mica com els personatges de «Nit de Nadal», l'assassí no arriba a ferse càrrec del significat transcendent que té aquesta figura. I hi trobaríem una raó força semblant: com ells, també té una vida del tot reglamentada i estructurada. Fa la seva feina, així, com si es tractés d'un programa perfectament estudiat —la qual cosa no deixa de resultar un fet insòlit: que un acte tan monstruós com un assassinat pugui ser emprès d'una manera tan mecànica—; ja ho diu la seva balada:

Depa Carel·li surt del llit a l'alba,
prepara l'eina de segar la vida.
El dia té el seu crim i el seu programa,
l'Àngel Consciència inútilment l'espia.

Tota la preparació de l'assassinat (representada amb bona dosi d'humor negre) converteix aquest acte gairebé en un art —la balada acaba: «*artista marginal / anònim criminal*»—, la qual cosa no és sinó una mostra de l'extrema professionalitat del protagonista. Perquè és indubtable que l'únic que el mou a actuar són els imperatius de la seva professió, és a dir: mata perquè és el que li toca de fer en tant que «assassí professional correcte i puntual», com ell mateix es defineix. I ho té tot tan programat, que fins i tot —com declara al final— després de cada crim ell mateix es fa «les inútils reflexions del cas», és a dir: cada vegada ell mateix es fa les recriminacions que pertoquen atès l'acte monstruós que acaba de cometre; però se les fa, talment, no perquè hi cregui, sinó perquè toca fer-les; amb la qual cosa resulten del tot inútils i sense cap efecte. És per això que, malgrat que se li apareix la Consciència amb la intenció fer-li sorgir escrúpols envers l'assassinat que es proposa de cometre, ni li fa cap cas ni la tracta amb el respecte que caldria (tenint en compte que s'ha encarnat en un àngel). Novament, doncs, Calders se serveix del recurs de la *degradació del sobrenatural*.

El món de fantasia dels infants

Atès que Pere Calders, com hem vist en algunes de les escenes anteriors, reivindica el paper de la fantasia en la nostra vida, no ha de sobtar que converteixi en protagonistes d'algunes de les seves històries els infants: no debades són ells els qui tenen més capacitat per a la imaginació i per concebre mons fantàstics, o, si més no, per esguardar la realitat amb ulls fantasiosos.

Tres són les escenes protagonitzades per infants, totes de la primera part: la V («La finestra i el record»), la VI («La invenció d'*antaviana*») i la VII («La fada»). La V (dividida en dues parts) i la VII tenen, a més, la mateixa protagonista: una nena anomenada Tessa, a la qual li esdevenen diversos fets sobrenaturals: des de la descoberta d'una finestra màgica (a l'escena V) fins a l'aparició d'una fada (a la VII). Uns fets que, no cal dir-ho, són completament acceptats i assumits per la Tessa —la qual, si bé d'entrada se sorprèn per l'aparició de la fada perquè es pensava que «això de les fades eren històries», no dubta ni un moment a considerar-la real—; i els assumeix sobretot perquè els infants, amb la seva capacitat per a la fantasia, barregen constantment la realitat quotidiana amb la realitat màgica. Fins al punt que, a vegades, poden arribar a imposar aquesta per damunt d'aquella; i el cas més clar d'això és el breu episodi d'«El gos-raspall», relatat durant l'Entreacte, en el qual s'hi diu que un nen de cinc anys afirma ser el propietari d'un raspall de dents que, alhora, és un gos —i, en realitat, així és, com podrà comprovar la mateixa policia.

En el cas de l'episodi de «La finestra i el record», la Tessa comparteix la realitat màgica amb la seva àvia, que assumeix igualment el fet sobrenatural —i val la pena de recordar que les àvies (i els avis) acostumen a ser personatges molt relacionats amb el món del meravellós, amb gran capacitat d'explicar contes i històries fantàstiques, i amb vincles molt estrets amb els nens. Aquesta escena és potser l'única d'*Antaviana* que està envoltada d'una certa atmosfera de misteri, ja que el fet màgic s'esdevé de nit i enmig d'una tempesta, i posteriorment l'àvia li diu a la Tessa que tot el que ha vist «és una cosa íntima, un secret», i que, per tant, no ho pot dir a ningú. La visió que ha tingut prové d'un record del seu avi, que era també un somni («s'asseia davant de la finestra i somniava...») i que ara ha esdevingut un secret. Somni, record, visió i secret: de fet, potser tot s'ha esdevingut dins la ment de la Tessa i dels seus avis, dins aquell ric i fantàstic món interior, tan real com l'exterior, que tenen tots els infants, i que sovint comparteixen amb la gent gran.[28]

A l'escena VII, l'atmosfera de misteri s'esvaeix, i l'aparició de la fada crea una situació que esdevé extremament humorística per la particular relació que s'estableix entre ella i la nena. El que hi pretén Calders és, sobretot, *desmitificar* la imatge que te-

28. De nou val la pena de transcriure, aquí, unes declaracions de Calders: «Em sembla que el que ara fan és limitar el concepte de realitat. Perquè, en definitiva, el somni és tan consubstancial a l'home com la percepció física d'una punxada. Encara que sigui la cosa més aparentment irreal, és un fenomen que forma part d'una realitat física que és la meva» (Joan OLIVER / Pere CALDERS, *Diàlegs a Barcelona*, núm. 2. Barcelona: Ajuntament de Barcelona - Editorial Laia, 1984, pp. 44-45).

nim d'aquests personatges fabulosos, que acostumen a ser representats com a éssers majestàtics i solemnes, als quals cal guardar un tracte reverencial. A l'escena, la que s'apareix és, ben altrament, una fada jove que parla i es comporta d'una manera normal i corrent, i a qui la Tessa tracta no amb un respecte gran i cerimoniós, sinó d'una manera ben espontània i desimbolta, que pel seu desvergonyiment provoca les còmiques exclamacions de la fada, com ara: «Nena!», o: «—Que té pressa? / —Tu en tens, descarada!».[29] És interessant, d'altra banda, de fixar-se en el fet que, un cop la fada ha sortit d'escena, les coses que més capfiquen la Tessa —els fets veritablement importants— no són pas l'aparició d'aquell ésser sobrenatural o el do que li ha estat concedit, sinó l'atabalament que li ha produït la fada amb les seves presses (d'aquí ve que la qualifiqui de «boja» i després de «neurastènica») i el fet que s'hagi quedat sense les croquetes de l'esmorzar. Es posa així novament de manifest la seva gran capacitat de fantasia per assumir el sobrenatural amb tota naturalitat, fins a posar-lo al mateix nivell que els fets més corrents. I és per això que al final no s'està de provar, simplement de pas-

29. Calders també ens presenta *desmitificats* l'àngel de l'escena d'«En Depa Carel·li» —àngel que apareix «una mica tronat, amb les ales de gairell i una túnica deslluïda»— i el Pare Noel de l'escena «Nit de Nadal» —el comportament del qual és més propi d'una persona normal i corrent que no d'un figura revestida de santedat: per això, durant el diàleg amb la família, es fa l'irònic, s'enfada i gairebé arriba a ser groller («Vostè em podria fer el favor de callar, estimada senyora?»). Aquest recurs de la *desmitificació*, paral·lel al de la *degradació del sobrenatural* (aquest degut a les reaccions dels altres personatges) és una de les maneres que té Calders d'integrar dins la realitat quotidiana, amb tota naturalitat, els fets sobrenaturals i fantàstics —alhora que és una font d'humorisme, pel contrast que en resulta.

sada i comptant que funcionarà, el nou poder que li han conferit —com és per la mateixa raó que no es pregunta per què la portera no se sorprèn en veure un fet tan meravellós, ja que, en la seva realitat màgica, seria una cosa ben normal que la tal portera fos també una fada.

Ens queda, finalment, l'escena VI, la d'«El descobriment d'*antaviana*». I la particularitat d'aquesta escena és que no hi passa absolutament res de sobrenatural ni d'insòlit. L'únic que s'hi esdevé és que un nen s'inventa un paraula i rumia quin significat li podria donar. Ni aparicions, ni transformacions ni cap altre fenomen extranatural: simplement un nen i la seva imaginació especulant amb una paraula. I, tanmateix, aquesta escena és potser la més màgica i sorprenent de totes les de l'obra. I justament per això: perquè els únics elements amb què juga són una paraula i la imaginació, però amb elles l'Abel és capaç des de descobrir un nou continent fins a concebre un poder màgic que serviria tant per desfer un estrall com per aprendre tota la geometria. És la plena possessió del meravellós i el fantàstic, que, com remarcava abans, en els infants es barreja indestriablement amb la realitat mundana. Per això el nen està convençut que la seva descoberta fantàstica és tan real com pot ser-ho un objecte, i per això proposarà a un amic de canviar-la per la seva baldufa nova: una baldufa que als ulls de l'Abel és tan fantàstica com la seva paraula.

Tot s'esdevé, doncs, a partir tan sols d'un mot i la imaginació. Són, si ens hi fixem bé, els dos elements essencials en què es fonamenta la literatura de Pere Calders: les paraules, el llenguatge, per una banda, i la imaginació, la fantasia, per l'altra.

II. LA REPRESENTACIÓ ESCÈNICA DE LES HISTÒRIES D'*ANTAVIANA*

Com apuntàvem al començament, *Antaviana* és el resultat del procés de dramatització de diversos contes de Pere Calders, pel qual han estat convertits en textos destinats a la representació escènica; això és: en textos dramàtics, que es componen, essencialment, de diàlegs i acotacions —conceptes que ja hem tractat més amunt. El que considerarem ara serà la forma i les característiques teatrals de l'obra. I ho farem seguint l'ordre en què se succeeixen les escenes, que és com l'espectador les contemplarà en una representació. En alguns casos, a més, les relacionarem amb els contes originaris a fi d'observar els diversos passos del procés pel qual han estat dramatitzats.

Tota obra dramàtica comporta la seva escenificació, la seva representació dalt d'un *escenari*. L'aspecte de l'escenari està en funció de l'*escenografia* que requereix l'obra, això és, del conjunt d'aparells i objectes que, disposats d'una certa manera, constitueixen l'espai d'actuació —una escenografia que trobem descrita a la «Presentació» del llibre i sobre el sentit simbòlic de la qual ja hem parlat. Però no és aquest l'únic espai on tindrà lloc la representació d'*Antaviana*, ja que hi ha algunes escenes —les més breus— que són actuades davant del teló (mentre està abaixat), en l'espai anomenat *prosceni*. Aquest és un recurs dramàtic que, entre d'altres funcions, permet de no haver d'aturar la representació a l'hora de fer canvis a l'escenografia, ja que aquesta queda amagada rere el teló mentre al seu davant continua l'obra.

L'escena que enceta la representació, la del «Naixement del Primer Arlequí», inicialment és actuada davant del teló, que s'alçarà just al moment en què neix l'Arlequí. Aquest alçament, com tota l'escena, té un sentit simbòlic, ja que marca l'inici de la vida del nou món que ha nascut amb l'Arlequí, i que és el món fantàstic i sorprenent d'*Antaviana*.

L'escena segona també té un cert sentit simbòlic. La seva funció és la d'introduir i presentar els personatges mitjançant un ball consistent «en una mena de pugna entre l'Arlequí, que és un element dinàmic, i els altres, que són estàtics» i als quals el primer «va encomanant vida». Aquestes darreres paraules ja ens indiquen el significat amb què hem d'interpretar l'acció de l'Arlequí: és l'acte de donar vida als personatges que han de poblar i habitar el nou món que s'ha creat dalt de l'escenari.

I amb això arribem a l'escena III, la d'«El jardí del Senyor Ric», que ja compta amb una decoració escènica concreta (amb una escenografia), com són les plantes que representen el jardí. El conte que li va servir de base, «El principi de la saviesa» (de les *Cròniques de la veritat oculta*), comença com una narració en primera persona, en el decurs de la qual són transcrits els diàlegs que el narrador-protagonista manté amb altres personatges. En la dramatització del conte, s'han mantingut aquests diàlegs —amb poques variacions—, i la narració inicial en primera persona ha estat convertida en un monòleg; ara bé, un monòleg que no ho és estrictament, ja que el Senyor Ric adreça les seves paraules al públic («...i mireu si va bé de ser ric»).[30] Aquesta

30. De fet, deixant de banda excepcions molt extremes, pròpiament no hi ha monòlegs purs, ja que un personatge que parla sempre s'adreça a algú (encara que no li respongui): ja sigui a un altre personatge (malgrat que estigui absent), o bé al públic (com és el cas que ens ocupa), o bé a si mateix, tot creant-se aleshores un altre «jo» amb qui dialogar (un fenomen, aquest, molt corrent i que tots realitzem quan, per exemple, ens preguntem a nosaltres mateixos alguna cosa).

convenció dramàtica d'adreçar-se directament als espectadors —que és una derivació natural del fet que en molts dels contes calderians el narrador s'adreça directament als lectors tot cercant-ne la complicitat—, el protagonista també la utilitza enmig dels seus diàlegs amb els altres personatges, en unes intervencions que s'anomenen *aparts*.[31] Un altre recurs dramàtic utilitzat en aquesta escena és la «veu en *off*», que és una veu que sentim sense poder veure qui és que parla. En l'escena, aquesta convenció permet de crear la il·lusió que sentim un anunci per la ràdio (o que el llegim en un diari).

L'escena es clou amb un ball, al qual no cal cercar cap sentit simbòlic. Així i tot, juntament amb els altres balls —i la música— cal relacionar-lo amb l'esperit de joc i de divertiment que Dagoll Dagom va voler imprimir a la representació d'*Antaviana*. Un esperit que lliga molt amb el món meravellós i fantàstic —sense deixar mai de semblar real— que ens presenten els diversos episodis de l'obra.

L'escena següent («La planta», IV) té lloc davant del teló i utilitza, novament, el recurs de la veu en *off*, ja que ens presenta un diàleg entre un personatge que és en escena (el Comprador) i un altre que hi és absent (el Venedor), del qual només sentim la veu. Aquesta escena se serveix, a més, d'una altra convenció dramàtica: si ja l'acció s'esdevé davant de teló, convertint el prosceni en espai de representació, incorpora també, com a tal espai, els bastidors (o caixes), que són les zones laterals de

31. Quan, enmig d'un diàleg, un personatge o bé s'adreça per uns instants al públic per comunicar-li uns fets, els seus pensaments, els seus sentiments, etc., o bé parla amb si mateix, en l'un i l'altre cas sense ser sentit pels altres personatges però sí pels espectadors, tenim el que s'anomena un *apart*.

l'escenari que queden fora de la vista del públic. Se'ns crea, així, la il·lusió dramàtica que just en un lateral del prosceni es troba el Venedor i fins i tot la seva botiga (malgrat que no els vegem). Al final de l'escena es juga, encara, amb un darrer recurs: un cop el Comprador ha sortit d'escena per un cantó del prosceni, apareix pel cantó oposat (on abans se suposava que hi havia el Venedor) i torna a sortir pel mateix per on se n'havia anat, i així fins a tres vegades. És, això, una altra convenció dramàtica per la qual se'ns crea la il·lusió que el personatge va avançant cada cop més cap a algun indret determinat —malgrat que nosaltres sempre el vegem fer el mateix recorregut. Sens dubte, aquesta diversitat de recursos escènics, la majoria ben simples, és una de les grans aportacions de Dagoll Dagom a l'espectacle.

L'escena V («La finestra i el record») no conté cap diàleg i, excepte unes poques paraules de l'àvia d'invocació a uns sants, està constituïda per una llarga acotació que ens explica les accions que realitza la Tessa (a més de transcriure la lletra de l'havanera que se sent cantar). Tots els efectes de so i de llum que s'hi descriuen contribueixen a crear una certa atmosfera de misteri —que lliga perfectament amb el món de fantasia de l'obra. L'escena queda aleshores interrompuda i no es reprendrà fins acabada la següent, amb la qual cosa s'aconsegueix de mantenir els espectadors amb l'ànim pres dins aquella atmosfera i amb una expectativa que no es resoldrà fins llavors. Escenogràficament, presenta la dificultat de com solucionar la qüestió de la visió fantàstica a través de la finestra (ja sigui projectant-hi una imatge, amb més efectes de llum, etc.).

Entre les dues parts de l'escena V es representa l'episodi de «La descoberta d'*antaviana*» (VI), que novament se serveix del recurs de la veu en *off*, però ara fent la funció de narrador («Una vegada, un nen...») —talment la veu narrativa que trobem al conte originari «En començar el dia» (de *Tots els contes*). A l'escena, però, resulta interessant la manera com és utilitzat aquest recurs. Si inicialment la veu funciona com un narrador que simplement ens va explicant els pensaments que té l'Abel (com si li veiés la consciència) en tercera persona, de tant en tant agafa protagonisme i, talment tingués consciència pròpia (com si fos un altre personatge absent), s'adreça directament a l'Abel (en segona persona) tot preguntant-li coses o convidant-lo a imaginar-ne d'altres («I si l'oferissis al Govern?...»), o fins entusiasmant-se amb ell («Sí, sí. Podries...»). També hi ha la possibilitat de considerar que, en aquestes intervencions, és el mateix Abel que parla amb si mateix dins la seva consciència (tot creant-se un altre «jo» —fenomen que ja hem vist—); tals intervencions serien la reproducció d'allò que està pensant (del seu secret món de fantasia, inaccessible per als adults), a diferència de les rèpliques que diu en veu normal, les quals són o bé respostes a la seva mare o bé fórmules i invocacions que pronuncia amb la paraula *antaviana* un cop li ha assignat un sentit concret.

La continuació de l'escena V conté el diàleg de la Tessa amb la seva àvia i reprèn en part l'atmosfera de misteri en sentir-se de fons la música de l'havanera. Aquesta atmosfera s'esvaeix finalment en acabar l'escena. La següent («La fada», VII), constituïda pel diàleg entre la fada i la Tessa, presenta dos problemes que cal resoldre al nivell de l'escenificació: el de la transformació de la vella en fada i el de la galleda que la Tessa fa aixecar amb els ulls. Aquí entren en joc la inventiva del director i la dels escenògrafs.

L'escenificació de la darrera escena de la primera part («El lladre», VIII) sols presenta la particularitat que, quan el Lladre explica la història de la seva vida, una part de l'explicació l'adreça directament al públic —una convenció que ja hem vist. D'altra banda, aquesta escena ens permet de veure com són aprofitats els elements de l'escenografia, ja que, per exemple, el bagul que remenava la Tessa a l'escena de «La finestra», dins el qual descobria objectes del seu avi, ara conté les possessions que el Lladre roba a l'Home, el qual dorm al mateix llit en què abans jeien la Tessa i l'àvia, i sempre en el mateix espai escènic. Tot forma part del joc de convencions dramàtiques —del pacte de la ficció— que és tota representació teatral.

Aquesta escena es clou amb una veu en *off* que emet un informatiu; però aquesta vegada sí que localitzem d'on prové la veu, ja que una acotació ens indica que «s'il·lumina l'aparell de ràdio que hi ha a primer terme» (el qual ja ens havia estat descrit a la «Presentació»). Tot i que així s'acaba la primera part i arribem a l'entreacte, Dagoll Dagom va concebre la idea que durant aquest descans se sentís tot un programa radiofònic (el guió del qual no va ser escrit per Calders, per bé que n'incorpora uns pocs textos —com ja hem vist al començament—), de manera que el final de la darrera escena fa d'enllaç amb aquesta emissió.

I aquesta emissió també s'enllaça amb el començament de la segona part, ja que el personatge que apareix primer apaga l'aparell de ràdio. És, això, una mostra de l'esforç de Dagoll Dagom per intentar donar cohesió i unitat a la successió d'escenes, tenint en compte que l'espectacle es basa en un seguit d'episodis la majoria dels quals estan completament deslligats.

La primera escena d'aquesta segona part és interessant d'analitzar-la a la llum del conte originari («Ganes de buscar-se-la», d'*Invasió subtil i altres contes*), ja que es posa de manifest el procés de dramatització que va caldre realitzar i la capacitat creativa que van demostrar-hi els components de la companyia. El conte fa així:

«—Vinc a cobrar el gas —digué el cobrador.
—No tenim gas —respongué la senyora.
—Doncs que sigui l'electricitat —insistí el funcionari.
—No tenim electricitat.
—I què me'n diu de l'aigua?
—No tenim aigua.
—En aquest cas, si em fa el favor, la violaré, que és una cosa que sempre ve de gust.»

El procés de dramatització implica convertir un text narratiu en un text teatral (la qual cosa vol dir transformar-lo bàsicament en diàleg) i concebre la seva posada en escena (la seva representació, que en el text dramàtic s'indica amb les acotacions). El primer pas ja venia realitzat per la forma dialogada del conte. El que calia imaginar, doncs, era la manera d'escenificar-lo.

Si rellegim el conte, comprovarem que no hi consta ni el lloc on s'esdevé el diàleg (per bé que podem deduir que ocorre en la porta o entrada d'alguna casa), ni com són físicament els dos personatges, ni l'actitud que adopten mentre dialoguen (quan parlem amb algú sempre ho fem amb una actitud determinada), és a dir: no ens especifica de quina manera s'expressen, com reaccionen, quina intenció els mou, quin és el seu estat d'ànim, etc.[32] Una tal manca de dades, però, resul-

32. En el conte, aquesta inconcreció és volguda ja que contribueix a fer més insòlit i sorprenent aquell diàleg tan inversemblant. Cada lector, si de cas, segons la seva inventiva, imaginarà la situació i la manera com els personatges s'expressen.

ta problemàtica quan pensem en l'escenificació, ja que aquesta comporta la presència física, dalt de l'escenari i davant dels ulls dels espectadors, de tots dos protagonistes (encarnats per sengles actors); i això vol dir que cal determinar el lloc on s'esdevé el diàleg, l'aparença dels personatges i, sobretot, la manera com diran el text, això és, l'actitud, les intencions, el seu estat d'ànim, per tal que el públic comprengui el que diuen i, sobretot, per què ho diuen. Cal concebre, doncs, el que s'anomena una *situació dramàtica*.

Quant al lloc, ja hem vist que tot fa pensar que és l'entrada d'alguna casa. S'hauria pogut, per tant, idear una escenografia que representés aquest espai. Tenint en compte, però, que es tracta d'una escena molt breu i que el mateix diàleg permet de deduir el lloc on s'esdevé, aquest punt podia resoldre's amb la convenció dramàtica de representar l'escena davant de teló, tot comptant que els espectadors ja deduirien l'espai concret on ocorre. Per contribuir a aquesta deducció, es va pensar a vestir el personatge de la senyora com una portera i a fer que escombrés (una imatge, aquesta, característica de les porteres, que fa que l'espectador immediatament pugui identificar-la com a tal i que, per tant, ja s'imagini que es troba en una entrada). Això, a més, ja proporcionava l'aparença física del personatge femení; la del funcionari podia resoldre's, igualment, amb un vestuari i algun accessori que donés a entendre el seu ofici (una gorra, una cartera, etc.).

Tindríem, així, un funcionari que va a una casa a cobrar unes factures i és rebut per la portera: una situació, aquesta, ben normal i corrent, i perfectament identificable pels espectadors. Ara bé: ja sabem que el diàleg que s'entaula entre ambdós protagonistes no en té res, de normal i corrent. Com calia dir-lo, llavors? Des de quina situació dramàtica concreta? Això és: amb quina intenció o propòsit els personatges havien de dir cada rèplica, i quina reacció tindria cadascun d'ells (quina cara posaria, quins gestos faria, etc.) davant les rèpliques de l'altre? Perquè els actors, alguna actitud han de representar: no poden posar una cara neutra i estar-se quiets (cosa gens natural i que, d'altra banda, no tindria cap sentit per als espectadors). En l'escenificació, cada rèplica és dita d'una manera i per una raó concretes, i és la situació dramàtica (el context, si es vol) el que determina i justifica l'una i l'altra. Aquesta situació no podia ser la d'un simple funcionari que va a cobrar a una casa, perquè, com podrien justificar-se les seves insòlites demandes i les més insòlites respostes de la portera? I els actors, amb quina actitud haurien de dir les unes i les altres? Calia trobar, doncs, un altre context dramàtic. I aquí és on Dagoll Dagom va tenir una ocurrència magnífica: imaginar que la situació dramàtica podia ser la d'un funcionari enamorat que va a veure la seva estimada, que és portera. A partir d'aquesta relació entre ambdós van determinar les actituds des de les quals cadascun parlaria: ell, amb la intenció de seduir-la, i ella, deixant-s'hi però jugant a fer veure que no; unes actituds que comportaven un cert estat d'ànim per a cadascun, una manera d'expressar-se i tot de gestos i accions —que són els que trobem descrits a les acotacions. L'esmentada situació, d'altra banda, permetia justificar l'absurditat de les rèpliques, que esdevenien simplement un diàleg inventat a tall de joc amorós, de festeig entre ambdós enamorats. Per tot aquest procés, així —que, sobretot, demanava imaginació i creativitat—, d'un conte narratiu hem passat, finalment, a un text i una representació dramàtiques.

L'escena següent, la II de la segona part («La profecia»), formalment no presenta cap altra particularitat que el fet de ser representada davant de teló —un recurs que ja hem comentat.

L'episodi que ve a continuació, el de «La Hiena» (III), tampoc no presenta cap complexitat formal ja que es tracta d'un monòleg. Ara bé: aquí el procés de dramatització del conte originari («El testament de "La hiena"», d'*Invasió subtil i altres contes*) no ha estat del tot reeixit, ja que no queda clara quina és la *situació dramàtica* que mou el personatge a parlar: sabem que es troba en una cel·la de la presó, però no per què diu el que diu ni a qui es dirigeix (ni sembla una confessió a un altre pres ni una declaració feta durant un interrogatori, per exemple).[33] En el conte, tots aquests aspectes no estan precisats, ni cal que necessàriament ho estiguin, ja que, com a gènere *narratiu*, per funcionar únicament li cal la convenció d'una veu (la veu narrativa) que ens relata uns fets; en la representació teatral, però, no és una veu sinó tot un personatge de carn i ossos el que està en escena i, per tant, quan parla ho fa des d'algun lloc físic determinat (que sí que el sabem), però també per alguna raó, amb una intenció concreta, mostrant un estat d'ànim, etc., això és: ha d'haver-hi una situació dramàtica que justifiqui el seu parlament als ulls dels espectadors. Aquesta escena seria una mostra del «llast literari» (de la dependència al seu origen literari) que en alguns moments arrossega *Antaviana*.[34]

L'escena IV («Nit de Nadal») pot dividir-se en dues parts, la segona de les quals comença en el moment en què apareix el Pare Noel. Aquesta últi-

33. Només cap al final se'ns indica que la darrera part del monòleg és dita amb «l'actitud de dictar un testament»; actitud que, però, no justifica la resta del parlament.

34. Vegeu J. Ll. Sirera, «Antaviana», *Llombriu*, núm. 7 (1979), p. 15.

ma part és la resultant de la dramatització del conte «Quieta nit» (de *Cròniques de la veritat oculta*), del qual s'ha aprofitat la seva forma en bona part dialogada tot afegint-hi diverses rèpliques. La primera part, en canvi, on se'ns representa el sopar nadalenc de la família (de fet, el ressopó), és del tot fruit del treball creatiu de Dagoll Dagom. A l'acotació inicial se'ns informa que el diàleg dels personatges «s'ha construït partint de les improvisacions dels actors». Es pot deduir, així, que la feina va consistir a determinar una situació dramàtica concreta —un sopar familiar la Nit de Nadal, on regna l'alegria i els bons desigs entre tots els comensals (pel retrobament, les dates festives, etc.)— i, a partir d'aquesta situació, anar imaginant i provant possibles temes de conversa (des del fred a l'església durant la missa fins a la compra d'entrades per anar a veure els Pastorets). L'acotació inicial també ens indica que «les frases es diuen barrejades, quasi encavalcant-se. Gairebé tota l'estona, hi ha dues converses alhora»: aquesta manera de desenvolupar el diàleg, si bé en pot dificultar la comprensió per part dels espectadors, permet de fer-lo molt dinàmic i, alhora, li dóna una aparença de complet realisme (quants cops, asseguts a taula durant un àpat, no ens hem vist involucrats en dues converses simultànies entre diferents comensals, i hem anat saltant de l'una a l'altra?).

Ben mirat, aquesta manera de construir l'escena a partir d'improvisacions no deixa de recordar la manera de procedir de l'antiga *commedia dell'arte* —a la qual ja ens hem referit en parlar del personatge de l'Arlequí— i és una nova mostra de l'esperit de joc i divertiment amb què Dagoll Dagom va concebre l'espectacle.

L'escena següent, «En Depa Carel·li» (V), combina un monòleg inicial amb un diàleg. La situació dramàtica que justifica el monòleg és, fonamentalment, la cura en la preparació de l'assassinat, que fa que en Depa vagi comentant-se a si mateix en veu alta els passos que ha de seguir per executar-lo: és com una mena exhibició dels seus dots d'assassí, de la seva professionalitat.[35] La mateixa actitud mostra durant el diàleg amb la seva Consciència, l'escenificació del qual només presenta la dificultat de resoldre com es produeix l'«aparició».

I arribem a la penúltima escena, «La vida dins el puny» (VI), en la qual té un paper destacat el recurs de la veu en *off*, inicialment emprada com una veu purament narrativa (que, de fet, és una reproducció de la del conte originari, «El desert», de les *Cròniques de la veritat oculta*) i, posteriorment, encarnant la veu de diversos personatges absents d'escena. L'escenari és sols ocupat pel protagonista, les accions del qual ens són descrites en les acotacions.

És interessant de fixar-se en un parell de passatges d'aquestes acotacions. Quan s'hi indica que el personatge cull de terra un diari, llegim que, «en ajupir-se, pren la mateixa actitud que havia adoptat l'Arlequí en començar l'espectacle», i, a més, «se senten uns compassos de la "Cançó del Primer Arlequí"», la qual havia sonat a la primera escena. És evident, doncs, que el que pretenia Dagoll Dagom era enllaçar el principi de l'obra amb el seu final per donar-li una certa aparença d'unitat —i, alhora, proporcionar als espectadors un indici que

35. Fixem-nos que aquest monòleg, que en cap acotació s'indica que sigui dit en veu baixa, juga amb una convenció dramàtica, que fa que la vella que està dormint no el senti (cosa que sí que s'esdevindria en la realitat). Com també és una convenció dramàtica que el personatge comenci el seu monòleg demanant que es faci la llum a l'escenari.

la representació començava a acabar-se. No triguem a descobrir que el personatge de la vida dins el puny és el mateix Arlequí, amb la qual cosa deixem la realitat mundana i tornem a situar-nos, com al començament de l'espectacle, dins un món mític i fantàstic. El que li esdevé a l'Arlequí, té així, de nou, un sentit simbòlic: la vida que li fuig representa la fi d'aquest món fantàstic, del món d'*Antaviana*, de l'obra que estem acabant de llegir o de presenciar.

Però també podem interpretar (simbòlicament) que la vida de l'Arlequí no s'ha perdut, sinó que ha anat a parar a un altre món, igualment ple de fantasia: el món del circ —la visió del qual és el que li ha fet obrir la mà. És per això que, a la darrera escena de l'obra (VII), apareixen tots els personatges del circ, que es posen a ballar amb l'Arlequí, fins a la salutació, ara ja sí, final. Una fi que, però, bé podem imaginar que no és sinó un nou començament.

JORDI MALÉ

BIBLIOGRAFIA

Edicions d'on procedeixen els contes en què es basa *Antaviana*:

Pere Calders, *Cròniques de la veritat oculta*. Barcelona: Editorial Selecta, 1955; reeditat per Edicions 62 el 1979 a la col·lecció «MOLC», 9.

Pere Calders, *Tots els contes (1936-1967)*. Barcelona: Llibres de Sinera, 1968.

Pere Calders, *Invasió subtil i altres contes*. Barcelona: Edicions 62, 1978 («Antologia Catalana», 93); reeditat per Edicions 62 el 1981 a la col·lecció «El Cangur», 58.

Breu selecció d'estudis específics sobre *Antaviana* i sobre els contes de Calders:

Carme Gregori, «*Antaviana*: del text narratiu al text dramàtic». *Caplletra. Revista Internacional de Filologia*, núm. 14 (primavera 1993), pp. 163-176.

Carme Gregori, «L'ús del discurs figurat en els contes de Pere Calders», dins *Actes del Desè Col·loqui Internacional de Llengua i Literatura Catalanes (1994)*. Barcelona: Publicacions de l'Abadia de Montserrat, 1995, pp. 253-264.

Joan Melcion, «Pròleg» a Pere Calders, *Invasió subtil i*

altres contes. Barcelona: Edicions 62, 1978 («Antologia Catalana», 93), pp. 5-15.

Joan MELCION, *«Cròniques de la veritat oculta», de Pere Calders*. Barcelona: Empúries, 1986.

Joan MELCION, «Introducció» a Pere Calders, *Aquí descansa Nevares*. Barcelona: Edicions 62 («El Cangur Plus», 234), 1997, pp. 1-32.

Agustí PONS, *Pere Calders, veritat oculta* (biografia). Barcelona: Edicions 62, 1998 (capítol XIII: «*Antaviana*, la gran explosió», pp. 285-303).

Josep Lluís SIRERA, «Antaviana», *Llombriu*, núm. 7 (1979), pp. 14-16.

Entrevistes:

Lluís BUSQUETS, *Plomes catalanes contemporànies*. Barcelona: Editorial del Mall, 1980, pp. 83-94.

Jordi COCA, «Pere Calders, una invasió subtil», dins *Ni àngels ni dimonis*. Barcelona: Publicacions de l'Abadia de Montserrat, 1983.

Josep M. ESPINÀS, *Identitats*. Barcelona: Edicions La Campana, 1986[3], pp. 34-54.

Josep FAULÍ, «Pere Calders, senyor d'Antaviana», *Serra d'Or*, núm. 240 (setembre 1979), pp. 11-15.

Montserrat ROIG, «Pere Calders i el seu món», dins *Retrats paral·lels 1*. Barcelona: Publicacions de l'Abadia de Montserrat, 1975.

Obres que contenen bibliografies sobre Calders:

Magda ALEMANY, «Bibliografia caldersiana», *Catalan Review*, vol. X, núms. 1-2 (1996), pp. 321- 328.

Joan MELCION, *«Cròniques de la veritat oculta», de Pere Calders*. Barcelona: Empúries, 1986, pp. 89-91.

Agustí PONS, *Pere Calders, veritat oculta*. Barcelona: Edicions 62, 1998, pp. 373-382.

ANTAVIANA

L'adaptació teatral ha estat basada en els següents contes:

El primer arlequí
El principi de la saviesa
L'«Hedera Helix»
La finestra
En començar el dia
Els nens voladors
Feblesa de caràcter
Ganes de buscar-se-la
L'esperit guia
El testament de «La hiena»
Quieta nit
La consciència, visitadora social
El desert
Raspall (*programa de ràdio*)
Cada u del seu ofici (*programa de ràdio*)

(Dels llibres *El primer arlequí*, *Cròniques de la veritat oculta*, *Tots els contes* i *Invasió subtil i altres contes*.)

Presentació

Antaviana és un espectacle sobre contes de Pere Calders, amb música i cançons de Jaume Sisa, adaptat i dirigit per «Dagoll Dagom».

Fou estrenat la nit del 27 de setembre de 1978 a la Sala Villarroel de Barcelona pel grup «Dagoll Dagom», integrat per: Anna Rosa Cisquella, Assumpta Rodés, Mar Targarona, Berti Tovias, Pep Rubianes, Miquel Periel i Joan L. Bozzo, actors; Claudi Sierra, tècnic de so i d'il·luminació; la coreografia era d'Agustí Ros i l'escenografia i el vestuari de Montserrat Amenós i Isidre Prunés. L'espectacle comptava amb el patrocini de la Delegació de Cultura de l'Ajuntament de Barcelona.

* *

L'espai escènic està format per una estructura cúbica, metàl·lica, de 6 m d'amplada (boca), 4 m de profunditat i 4 m d'alçada. El terra d'aquest espai, per on es mouen els personatges, és un pla inclinat (12 per cent), de manera que els moviments dels actors siguin visibles des de la platea. Aquesta rampa està dividida en dues parts triangulars, separades per una cortina. La part que queda a la vista del públic quan la cortina resta closa té les mateixes dimensions que la part oculta; la part anterior està enrajolada de miralls i la posterior de peces de fibra de vidre de diversos colors. La línia divisòria entre les dues parts separades per la cortina no és recta, sinó que fa ondulacions irregulars que pretenen evocar el perfil de les zones costeres d'un mapa, o qui sap si un país vist des del cel. A la paret del fons del cub, hi ha un teló de gasa blava, tibant, amb representacions de cossos celestes pintats al damunt (astres, planetes, galàxies...). Al bell mig d'aquest teló hi ha una finestra «real», practicable, que s'utilitzarà diverses vegades per a entrades i sortides d'escena. La paret dreta (des del punt de vista del públic) també està formada per una gasa blava i també tensa, amb representacions d'imatges astrals semblants a les de la paret del fons. En els angles anterior i posterior hi ha unes obertures estretes i ocultes per on poden entrar i sortir els actors. La paret esquerra està formada per unes bambolines de seda, de color beige i el sostre del cub el constitueix un engraellat d'on pengen els focus necessaris i que serveix de suport a la guia, la barra de metall, que s'utilitza per a córrer i descórrer la cortina diagonal. Un teló de vellut vermell separa tot aquest espai del públic: és el teló tradicional, amb la funció que li és pròpia. Els elements de mobiliari són escassos i senzills: un llit portable i modest, cobert amb una vànova antiga; quatre cadires de fusta corbada amb seients de reixeta, i una taula rodona amb faldilles; un bagul, un llum antic de menjador i alguns altres elements auxiliars que s'aniran ressenyant. A primer terme, fora del cub i davant del teló, hi ha a terra un gran aparell de ràdio. El vestuari també és senzill, a base de peces de roba normals, de color uniforme. Per exemple: l'home ric del primer conte porta un vestit totalment vermell: camisa, armilla, pantalons, corbata, bata d'estar per casa, etc., mentre que l'home de l'«Hedera Helix» vesteix tot ell de color verd.

REPARTIMENT

Actriu 1a.:	Eva, Veïna, Mare, Fada, Àvia, Àngel de la Consciència, Gitana.
Actriu 2a.:	Arlequí, Dona embarassada, Tessa, Isabel, Enric Espol.
Actriu 3a.:	Minyona, Àvia, Portera, Maria Montserrat, Ballarina.
Actor 1r.:	Adam, Galsworthy, Lampista, la Hiena, Clown.
Actor 2n.:	Senyor ric, Lladre, Funcionari, Pare Noel, Clown.
Actor 3r.:	Senyor del gramòfon, Abel, Senyor Calders, Home, Ernest, Clown.
Actor 4t.:	Lladre ric, «Hedera Helix», Eudald, Depa Carel·li, Domador.

Primera part

ESCENA I

Es fa una fosca total a la sala i a l'escenari. Una veu crida: «Un, dos, tres i...» Sonen les trompetes de l'expulsió del Paradís (trompetes bíbliques, amb alguna que desafina), i s'il·lumina l'escenari. El teló de vellut vermell està clos. Pel costat esquerre surt un braç amb una mà que sosté una espasa flamígera. Quan les trompetes callen, l'espasa es retira. Tot seguit surt Adam pel mateix lateral, davant del teló. Porta una breu indumentària, feta de fulles verdes, i camina fatigosament, carregat amb un bagul, maletes, cistells, etc. Travessa amb lentitud l'escenari, d'un extrem a l'altre, i en arribar a la banda dreta ensopega amb l'aparell de ràdio i recula. S'asseu al centre de l'escena, sobre el bagul, i treu una poma del cistell. Se la menja. Mentre ho fa, observa amb estranyesa tot el que l'envolta. No veu el públic. Al cap d'uns instants, entra Eva. Està embarassada de nou mesos i porta un vestit com el d'Adam. Tota aquesta escena és en silenci. Eva s'asseu al costat d'Adam i aquest li ofereix la poma que estava menjant. Eva l'accepta, sense poder evitar un gest de melangiosa complicitat. Tots dos masteguen i s'interroguen amb la mirada, com si es preguntessin on són. Es mostren clarament desorientats. De cop, Eva sent un vivíssim dolor al ventre i s'alça esverada. Adam està mig endormiscat. En veure que el dolor amaina, Eva torna a seure, tranquil·litzada. Però al cap d'un moment torna la fiblada, més forta i persistent que abans.

Adam es deixondeix esverat i no entén res del que passa. Eva gemega i crida. Adam prova de donar-li alguna cosa de les moltes que porta en el bagul, les maletes, els cistells... Torna a minvar el dolor, i es miren tots dos amb perplexitat, en silenci. Però Eva es posa a cridar amb més força que mai i el teló s'obre lentament, alhora amb els crits d'Eva. En descloure's el teló, Adam i Eva resten separats: ella a l'esquerra i ell a la dreta —tots dos a primer terme. A dins, es veu l'escena amb la cortina-diagonal desplegada. Al bell mig de l'enrajolat de miralls hi ha un Arlequí immòbil, en una positura típica de *commedia dell'arte*. Adam i Eva el contemplen somrients i feliços:

EVA *(a Adam)*: És bonic, oi? Però té la pell dividida en rombes de diferents colors...

ADAM: És la paleta de les races del món, Eva. Porta damunt la pell els colors que ha de llegar als distints pobles de la terra. Primera mare, hem tingut el primer Arlequí!

(Surten Adam i Eva d'escena i l'Arlequí queda sol. Comença la «Cançó del Primer Arlequí» i aquest, d'una manera progressiva, es posa en moviment i balla al so de la música. Quan acaba la cançó, l'Arlequí descorre la cortina-diagonal, deixant a la vista tot l'espai escènic.)

CANÇÓ DEL PRIMER ARLEQUÍ

Paleta de races
mirall de tots els filtres.
Espurna divina
caldera de l'infern.
Regues la terra
de mostres ben diverses,

coves marines
confirmen el secret.
Jove Arlequí, quan obrires la finestra
fou declarada la guerra original.
Auca de somnis,
projecte d'aventures.
Flors entre runes
sobreàtic paradís,
jove Arlequí, quan obrires la finestra
fou encetat el principi teatral.

(Acaba la cançó, però la música continua, donant pas a la 2a. escena.)

ESCENA II

Al ritme de la música, l'Arlequí inicia un ball de presentació dels personatges de l'espectacle. De mica en mica, entren l'home ric, el senyor del gramòfon, la mare de l'Abel, la Maria Montserrat, en Depa Carel·li i el majordom Galsworthy. El ball consisteix en una mena de pugna entre l'Arlequí, que és un element dinàmic, i els altres, que són estàtics. L'Arlequí va encomanant vida als altres personatges, que cada vegada ballen amb més força, fins que al final els personatges treuen l'Arlequí d'escena. Els darrers compassos de la música serveixen per a introduir en l'escena unes plantes artificials pintades de colors diversos; les plantes pretenen suggerir el jardí del Senyor Ric. Els personatges surten d'escena, menys el Senyor Ric, que s'adreça al públic.

SENYOR RIC: Aquell any de la guerra central vaig fer-me ric. Especulant amb coses tan innòcues com el suro i el cartó, fent números i posant-hi els cinc sentits, vaig trobar-me amo de mig milió de la moneda més alta. Això no tindria interès ni caldria parlar-ne si no fos per la relació que té amb la meva casa blanca de la costa... Em sembla oportú parlar primer del meu jardí. *(El Senyor Ric fa un gest d'invitació al públic i s'il·lumina l'espai del jardí.)* S'estenia darrera de la casa i no era pas gaire gran, però estava carregat de poesia. Hi vaig fer plantar totes les plantes que plaguessin alhora al clima i a mi, i herbes bones de països exòtics que acreditaven la puixança de la meva riquesa. Tres jardiners s'encarregaren del jardí i sis criats tenien cura de no deixar-me tocar de peus a terra. *(Entren una cambrera i un majordom, que porten una cadira i una bata d'estar per casa; el Senyor Ric es posa la bata.)* El caràcter se'm va ablanir i mireu si va bé de ser ric que de mica en mica vaig anar adquirint bons sentiments, sense arribar a l'extrem que la consciència em fes nosa. Els veïns cultivaven la meva amistat, em feien visites, i m'enviaven presents als quals jo corresponia, ja que les meves rendes em permetien de ser tan pròdig com em semblés. La qui tenia més interès a guanyar-se la meva amistat era una senyora que, pobra dona, estava tocada de la mania de llegir i escriure. *(Entra la Senyora Veïna, seguida de la Cambrera, que li ofereix una cadira.)* El cas és que, un bon vespre, aquesta senyora es va creure obligada a venir-me a veure i em va portar un cistellet de maduixes, que, ara ja es pot dir, no em feien cap falta. *(Surt la Cambrera.)* Jo havia acabat de sopar i em trobava assegut de cara al mar... *(S'asseu.)* La lluna m'il·luminava, i entre els seus raigs i el fum de la meva cigarreta, em sentia submergit en un món d'imatges fantàstiques que encara em feien més feliç... No podré reproduir fidelment l'entrevista. El que recordo bé és que la senyora veïna s'alçà de sobte i, mirant la lluna, em digué:

VEÏNA: És bonica, oi?

SENYOR RIC: I tant! Sembla una pintura...

VEÏNA: I amb tot, em faria por de viure en una casa tan oberta a la lluna i prop del mar. *(Torna a seure.)*

SENYOR RIC *(adreçant-se al públic)*: Allò em va irritar. De manera que la senyora pobra es permetia de no tenir-me enveja: ella, que vivia en una casa llogada on no entrava la lluna ni el sol ni els bons aires. *(A la veïna:)* Doncs jo hi visc molt de gust i no tinc por de res ni de ningú.

VEÏNA: Vós ignoreu la influència de la lluna. No sabeu que ella mou el mar i disposa les marees. Tots estem subjectes a la seva atracció *(fa una rialleta)* i ens pot obligar a coses terribles...

SENYOR RIC: Mireu, senyora, jo no sóc supersticiós... Per tant, em ric de la lluna i dels planetes que la volten.

VEÏNA *(tot rient)*: Infeliç! No és pas superstició, això... Els boigs senten els canvis de lluna i totes les persones sensibles, en una certa manera, també. Hi ha criminals a qui el pleniluni exacerba la maldat, i gent com vós i com jo, que en una nit com aquesta es veuen empesos per una força dominadora i farien... Què sé jo! *(Rialleta.)* En aquests moments no em costaria gens d'escanyar-vos. *(Pausa.)*

SENYOR RIC *(adreçant-se al públic)*: Aquell vespre la lluna feia el ple. *(El Senyor Ric s'alça i la Veïna desapareix tot mirant la lluna.)* Jo ja havia sentit dir tot allò, com tothom, i em va semblar que me n'anava a dormir amb l'ànim tranquil. Però vaig passar una nit dolenta. L'endemà, em van despertar uns cops desacostumats a la porta. Era molt aviat: una d'aquelles hores en les quals diu que es lleven els obrers, i em va semblar que tot el personal de la casa s'agitava amb l'aire de passar-ne una de molt grossa.

(Entra la Cambrera, plorant i xisclant, amb una mà tallada que duu a l'extrem d'uns molls de cuina. Al mateix temps, entra per l'altre costat el Majordom Galsworthy, que porta un got d'aigua en una safata.)

CAMBRERA: És horrible... *(Plorant.)* És horrible, és horrible, senyor!

SENYOR RIC: Què passa?

CAMBRERA: He trobat una mà al jardí!

SENYOR RIC: Una mà? Una mà de què?

CAMBRERA: Una mà dreta!

SENYOR RIC *(tot prenent la mà)*: On l'has trobada?

CAMBRERA: Sota els clavells de les Índies, embolicada amb un paper de diari.

SENYOR RIC: I no has trobat res més? Cap tros de cap cosa que pogués fer joc amb això?

CAMBRERA: No, senyor.

SENYOR RIC: Bé, tranquil·litzem-nos... *(Fa seure la cambrera.)* Seu, dona, i no ploris... *(Agafa el got d'aigua i l'hi ofereix, mentre diposita la mà tallada a la safata.)* Benvolguts criats, el trasbals ha trucat avui a casa nostra. *(Torna a agafar la mà.)* Ens trobem amb una mà que no pertany a cap de nosaltres. El fet de tractar-se d'una mà sola, sense cap indici que ens permeti de suposar que algú ha perdut, a més de la mà, la vida, vol dir versemblantment que algú ha perdut una mà i no res més que la mà.

CAMBRERA: Què podríem fer? Avisar la policia?

SENYOR RIC: No! Mai de la vida! La policia vindria a furgar per tots els racons cercant el que no hi ha i ens faria sentir forasters a casa nostra. No, no... *(Torna a deixar la mà tallada damunt la safata.)* Els fets ens indiquen el camí que hem de seguir: la pèrdua, per a aquell que l'hagi soferta, és considerable, i tan recent que a hores d'ara deu estar ben amoïnat... Esbrinem qui és, busquem-lo, i l'ajudarem cristianament. Ve-t'ho aquí! *(La Cambrera i Galsworthy surten i el Senyor Ric s'adreça al públic:)* Vaig fer comprar una gerra de vidre per tal de conservar-hi la mà en alcohol i, tan aviat com l'humor m'ho va permetre, vaig fer redactar el següent anunci...

VEU EN «OFF» *(se sent després d'uns compassos musicals)*: Algú ha perdut una cosa molt important en un jardí de casa bona. El qui acrediti d'ésser-ne propietari, que es presenti en bona forma i li serà donada satisfacció.

SENYOR RIC: El primer visitant no es va fer esperar pas gaire. *(Entra, seguit de Galsworthy, el Senyor del Gramòfon, el qual porta un d'aquests aparells, de model antic. Sembla no adonar-se de la presència del Senyor Ric i es posa de seguida a mirar per terra, com si busqués alguna cosa.)*

SENYOR RIC *(adreçant-se al Senyor del Gramòfon)*: I quina és la cosa que heu perdut?

SENYOR DEL GRAMÒFON *(girant-se sorprès i saludant amb el barret)*: Un petit vis de vanadi sense el qual el meu gramòfon no pot funcionar.

SENYOR RIC: Però, home de Déu! Els anuncis adverteixen que allò que hem trobat en el meu jardí és important! Un petit vis de vanadi no té cap importància...

SENYOR DEL GRAMÒFON: Aneu errat, senyor... De

mig a mig! La cosa més considerable per a mi és el meu gramòfon. Si el seu funcionament depèn d'un petit vis de vanadi, la petita peça pren al meu esguard tota la importància! Això requereix una explicació, i estic disposat a donar-vos-la, de senyor a senyor.

SENYOR RIC *(invitant-lo a seure)*: Bé, vós direu...

SENYOR DEL GRAMÒFON: Gràcies. *(Deixa el gramòfon a terra i s'asseu en una cadira.)* Tinc cinquanta anys... Als vint em vaig enamorar d'una noieta que era la dona més bonica que hi ha hagut sobre la capa de la terra. Però no va correspondre al meu amor... Malgrat tot, era tan bona que em va prometre que cada vegada que anés a casa seva em cantaria una cançó per a mi tot sol. Era la millor cançonaire de la seva època! *(Pausa.)* Jo hi anava sovint, m'asseia en un sofà i l'escoltava embadalit, ja podeu imaginar-vos amb quina unció! Era molt feliç, no desitjava res més, ja en tenia prou... I ningú no pot dir que m'excedís en la meva ambició. Però, què som en aquest món? No res. Vós ja ho sabeu i hi ha una colla de llibres que ho expliquen... Ella, pobra, es va morir de tristesa, potser de resultes d'aquelles relacions. Com em vaig quedar, Senyor! Sembla mentida que, matant com mata, la pena no m'hagués matat a mi! Però Déu tanca una porta i n'obre una altra: la meva enamorada va deixar-me en herència tota una col·lecció de discos de pedra amb les seves cançons enregistrades. Ja veieu on vaig, oi? *(El Senyor Ric fa un gest negatiu amb el cap.)* Des d'aleshores em passava tot el sant dia escoltant la seva veu a través del gramòfon i, aclucant els ulls, veia talment la meva amor, fins al punt que havia recobrat la felicitat... *(Pausa, s'alça de la cadira.)* Jutgeu, per tant, la meva desesperació quan, fa tres dies, vaig descobrir que el meu gramòfon no podia funcionar per haver-se perdut un petit vis de vanadi... Heus aquí, senyor, l'objecte de la meva visita!

SENYOR RIC: La vostra història és realment commovedora, i ho entenc tot, llevat de per què se us ha ocorregut que podíeu trobar el vis en el meu jardí. És que hi havíeu estat abans d'ara?

SENYOR DEL GRAMÒFON *(escandalitzat)*: No! Mai!

SENYOR RIC: I doncs?

SENYOR DEL GRAMÒFON: És que he buscat per tota la contrada, no he deixat cap casa per mirar. He alçat totes les pedres, regirat totes les mates, explorat totes les gires dels pantalons de tots els habitants de la comarca... Ja que no és enlloc més, ha d'ésser a casa vostra, perquè jo no puc admetre que el meu petit vis s'hagi esfumat... El vostre anunci m'ha donat la idea, i sigui quina sigui la cosa que hàgiu trobat, us prego que em deixeu mirar el vostre jardí. *(Fa una gran reverència.)*

SENYOR RIC *(una mica desconcertat)*: Bé, bé... Vós mateix.

SENYOR DEL GRAMÒFON: Moltes gràcies! *(Li demana que li aguanti el gramòfon i comença a buscar pel jardí.)*

SENYOR RIC *(al públic)*: Vaig accedir-hi, convençut que ni jo no hi perdria res ni ell trobaria el que cercava...

SENYOR DEL GRAMÒFON *(tot recollint alguna cosa molt petita que ha trobat a terra)*: Ja el tinc, el meu vis! N'estava segur... *(Col·loca el vis en el gramòfon i aquest es posa a funcionar. El Senyor del Gramòfon exulta d'alegria.)* És ella, és ella! *(Pren el gramòfon de les mans del Senyor Ric i s'allunya cap a la sortida, tot fent reverències i donant les gràcies. Tant el Senyor Ric com Galsworthy es queden molt sorpresos.)*

SENYOR RIC *(al públic)*: Jo, com ja podeu suposar, no m'hi podia capficar massa... *(Se sent novament la veu en «off» de l'anunci. Entra la Noia Deshonrada.)*

SENYOR RIC: L'endemà, em va venir a veure una noia bonica, que es comportava amb un particular compungiment. *(El Senyor Ric se'n va a rebre la Noia Deshonrada, la qual mostra ostensiblement el seu estat d'embaràs; amablement, el Senyor Ric la fa asseure en una cadira.)* Quina cosa és la que heu perdut?

NOIA DESHONRADA *(tota plorosa)*: L'honradesa, senyor...

SENYOR RIC: No és pas això, filla meva. Em sap greu, però no és això...

NOIA DESHONRADA *(tot alçant-se de sobte)*: Sí, senyor. És ben bé això!

SENYOR RIC *(l'obliga a asseure's novament)*: Bé, bé, bé... A veure, parlem-ne... I com s'ha esdevingut?

NOIA DESHONRADA *(després d'una pausa)*: Més que no pas del com, vinc a parlar-vos del qui. Ha estat Galsworthy!

SENYOR RIC *(molt sorprès)*: Galsworthy?

NOIA DESHONRADA: Sí, la nit de festa major... Sota els lilàs... Quan la lluna feia el ple. *(Galsworthy no pot dissimular la seva torbació.)*

SENYOR RIC *(al públic)*: Ell havia de ser, en bona fe! Fred i garneu, eternament absent i amb l'aire de no haver trencat mai cap plat, es dedica a fer perdre coses importants a les noies, en el jardí de casa meva! Sóc un home de segons quins principis i en un parell de dies vaig arreglar un casament reparador. *(La Noia Deshonrada s'alça d'una correguda, agafa Galsworthy per una mà i fugen tots dos.)* Val a dir que no em fou possible de dedicar-hi gaire temps, ja que l'anunci continuava duent gent a casa i jo els dedicava una atenció preferent... *(Es torna a sentir la veu en «off», repetint l'anunci.)* ...El tercer visitant era un home que inclinava a confiar-hi. *(Entra el Lladre Ric, amb una maleta que deixa sobre una cadira.)* Si m'ho hagués proposat, l'hauria fet soci de qualsevol negoci meu...

LLADRE RIC *(tot encaixant amb el Senyor Ric)*: Jo, senyor, mal m'està el dir-ho, sóc lladre. L'altra nit, vaig venir a casa vostra pels meus afers, portant damunt records de família i tota la meva documentació personal. Això no es fa mai, és elemental, només li pot passar a un aprenent. Jo hi vaig caure, mig per vanitat, mig per imprevisió... I succeí el pitjor que podia passarme: vaig perdre els papers a casa vostra. L'anunci m'ha fet comprendre que sou una persona civilitzada i que voleu arreglar l'assumpte d'home a home. Sempre m'ha agradat de tractar amb gent liberal i vinc a correspondre al vostre gest. *(Obre la maleta i en treu joies i objectes de gran valor:)* Jo us tornaré el producte del meu treball, vós em torneu els documents i quedarem amics. Així dóna gust d'anar per les cases!

SENYOR RIC: Això que dieu és realment ben vist, i vós i jo quedaríem honorablement, si no fos que ni m'he adonat que ningú m'hagués pres res, ni he trobat cap paper que us pertanyi.

LLADRE RIC *(tancant la maleta)*: És una pena... Si no hi trobem una sortida airosa, l'entrevista esdevindrà tibant d'un moment a l'altre. *(Pausa tensa. El Lladre Ric es treu una cigarrera i convida el Senyor Ric. Aquest accepta. En donar-li foc, el Senyor Ric s'adona que l'encenedor que li allarga el Lladre és el seu encenedor. El Lladre somriu i l'hi torna, amb un gest desimbolt de gentilesa.)* Caldrà que fem, amb el vostre permís, una petita reconstrucció dels fets: aquella nit, jo vaig saltar al vostre jardí per aquesta banda. *(Assenyala la finestra.)* Exacte! En saltar, recordo que se'm va enganxar l'americana a l'ampit, i vaig sentir el soroll d'alguna cosa que queia a terra. Podien molt ben ser els meus documents, oi? Ha arribat el moment d'aclarir-ho. *(S'ajup al peu de la finestra.)* Ja els tinc! Me n'he sortit millor que no em pensava, perquè és bo que no conegueu la meva identitat.

SENYOR RIC *(al públic)*: Aleshores vaig creure que jo també hi havia de dir la meva. *(Adreçant-se al Lladre Ric:)* I si us feia caçar pels meus criats i us lliurava a la policia?

LLADRE RIC: No! No ens convindria ni a vós ni a mi. Els meus col·legues no us deixarien viure tranquil. Val més que ens donem les mans i quedarem amics. *(Assenyala la maleta.)* Bah! Tot això ja us ho podeu quedar!

SENYOR RIC: Gràcies. *(El Lladre Ric està punt d'anar-se'n.)* Així, ja puc estar tranquil?

LLADRE RIC *(girant-se)*: Del tot. Tinc coses més importants en estudi... A més, la nostra naixent amistat em lligaria de mans. *(Es treu l'encenedor de la butxaca i el torna a donar al Senyor Ric. Surt.)*

SENYOR RIC *(al públic)*: El quart visitant, pròpiament, no va venir. Una tarda me'l vaig trobar a l'entrada de casa, part de dins del jardí. *(Mentrestant, ha entrat el Lampista i s'ha assegut a terra, en un racó.)* Què hi feu, vós, aquí?

LAMPISTA: D'això es tracta, precisament. Estic provant de recordar-ho.

SENYOR RIC: Qui sou?

LAMPISTA *(amb el carnet d'identitat a les mans, llegeix)*: «Marc Noblesa. Lampista. Carrer del Sol, número tres.» Però no recordo on és aquest carrer ni l'ofici de lampista. Sé que sóc aquest tal Marc pel retrat, però no sé res més. Vaig perdut, sabeu?

SENYOR RIC: I com heu vingut a parar al meu jardí?

LAMPISTA: No ho sé... Em sembla que he vingut atret per alguna cosa... Però no me'n recordo.

SENYOR RIC: No és pas per l'anunci?

LAMPISTA *(excitat)*: Sí que és això. He vingut per això!

SENYOR RIC: Que heu perdut alguna cosa?

LAMPISTA: Es veu que sí, però no me'n recordo...

SENYOR RIC *(li tusta amablement el clatell)*: Apa, apa... Procedim amb mètode: no us trobeu a faltar res?

LAMPISTA *(després d'escorcollar-se les butxaques, amb un gest de desesma)*: No ho sé. Només he perdut la memòria...

SENYOR RIC: Em sap greu, però no és això el que hem trobat. Amb tot, veniu amb mi, i mirarem què es pot fer.

LAMPISTA: Deixeu-me estar aquí! L'olor de les pomeres del jardí sembla com si provés de recordar-me alguna cosa... És estrany! Tinc gravada la imatge del jardí, il·luminat per la lluna plena... M'ho suggereix el perfum de les pomes... Tinc una mica de memòria al nas! Veieu? El que us conto, és com si ho veiés des d'aquí dalt. *(Assenyala la finestra.)* Caldrà que hi pugi per tal de completar el record. Feu-me esquenета, si sou servit. *(El Senyor Ric l'ajuda a pujar.)* Pugeu, pugeu si us plau! *(El Senyor Ric puja també a la finestra.)* Això no m'és desconegut! *(Assenyala alguna cosa que hi ha sota una planta.)*

SENYOR RIC: Això és una caixa de lampista. No sou lampista, vós?

LAMPISTA: Segons el carnet, sí... Però mireu: què hi tinc, aquí? *(Es toca el clatell.)*

SENYOR RIC *(mirant-ho)*: Hi teniu un bony... O més ben dit, allò que en diuen una banya...

Us heu donat un cop, o bé heu caigut, o... Jo què sé! Vós mateix.

LAMPISTA *(recordant de cop i volta)*: Ah, ja ho sé! Vaig pujar aquí dalt i vaig caure de clatell. Sí! És ben bé això! I vaig perdre la memòria... *(Salta a terra.)*

SENYOR RIC: I qui us manava d'enfilar-vos?

LAMPISTA: Vaig pujar a la finestra per prendre una poma... Una de sola, enteneu? Ho feia cada dia en tornar de la feina, i mai ningú no havia tingut res a dir-hi... Però perdoneu... a vegades parlem sense saber qui ens escolta... Jo ja m'he presentat. Em voldríeu fer el favor de la vostra gràcia?

SENYOR RIC *(allargant-li la mà per encaixar)*: Sóc l'amo de la casa, del jardí i de les pomes.

LAMPISTA *(avergonyit)*: Ja l'he feta! Ara, hauré de donar explicacions...

SENYOR RIC: No us les demano pas.

LAMPISTA: Quant us dec per la fruita?

SENYOR RIC *(apartant-lo suaument)*: Res, home, res! Aneu-vos-en en nom de Déu i no en parlem més. Tinc per costum tocar tan sols bitllets grossos! *(El Lampista surt corrents. El Senyor Ric s'adreça al públic:)* El cinquè visitant... Però per què hauria d'explicar un per un cada cas de les persones que van venir atretes per l'anunci? La fatiga em dominaria a mi i a tots aquells que bonament m'escoltessin.

(Comença la música «Tema del jardí», mentre van entrant diversos personatges, lentament, amb les actituds de buscar i trobar coses per tot l'espai escènic. Evolucionen fins que, en un moment donat, tots comencen a ballar alhora, juntament amb el Senyor Ric.)

SENYOR RIC: És el cas que el meu jardí era el

centre de la vida del país. Hi havia mares que havien perdut els seus fills i els retrobaven sota una mata de gira-sols. Hi havia marits que reconquistaven l'amor perdut de les seves esposes sota d'arbres que em pertanyien. En el meu jardí es veu que s'hi feien transaccions sentimentals i d'altra mena. La gent devia trobar gust a acudir-hi per a orejar les passions.

(Després d'aquestes paraules del Senyor Ric adreçades al públic, tots els actors ballen junts. En acabar el «Tema del jardí», romanen quiets mentre es clou el teló.)

ESCENA IV

Aquesta escena té lloc davant del teló. Surt un actor, el Comprador, i s'adreça cap a un extrem del prosceni. Parla amb un interlocutor que es troba entre caixes, invisible per al públic.

COMPRADOR: Si us plau, necessito una planta... Però no puc perdre el meu temps. Necessito una planta que creixi en qüestió d'hores!

VEU *(surt un braç amb una petita planta)*: Aquí en teniu una que creix en tants dies...

COMPRADOR: Ui, no! La que desitjo ha de ser més ràpida.

VEU *(traient una altra planta)*: Aquesta triga la meitat.

COMPRADOR: Encara és massa!

VEU: Tinc el que voleu, però la llei em priva de vendre aquesta mena de plantes sense que el client accepti la plena responsabilitat de la compra. Si esteu disposat a signar uns papers... *(El braç allarga uns papers, el Comprador els signa i el braç i la mà es retiren. Tornen a aparèixer amb una nova planta.)*

COMPRADOR *(agafant la planta)*: Això és el que vull! Quin nom té?

VEU: És una varietat poc coneguda de l'Hedera Helix. Si viviu lluny, és millor que no us entretingueu pel camí...

(El comprador torna a travessar l'escena i surt pel lloc per on havia entrat. Al cap d'un moment, torna a sortir per l'altra banda del prosceni, i va fent passades, sempre en la mateixa direcció, però la planta que porta a les mans és cada vegada més grossa. A la tercera passada, la darrera que fa, ja va de genolls per terra, perquè la planta ha crescut tant que l'embolcalla i no el deixa caminar. Surt dificultosament pel mateix lloc de sempre, mentre es fa una fosca total.)

ESCENA V

Comença amb la Nena i l'Àvia dormint al mateix llit, situat en l'espai dels miralls. Soroll de pluja i de tempesta. La Nena i l'Àvia estan il·luminades per una llum suau. La Nena obre els ulls i s'incorpora. Encén una espelma i contempla l'Àvia, la qual dorm profundament. Se sent un tro. L'Àvia, entre somnis, mormola:

ÀVIA: Sant Marc, Santa Creu, Santa Bàrbara no ens deixeu!

(La Nena, que havia tapat la claror de l'espelma fent pantalla amb les mans, mira al seu voltant i s'aixeca. S'allunya del llit en di-

recció a la banda oposada de l'escena, i quan arriba a l'altre costat del llit, la cortina-diagonal s'obre mentre se sent un altre tro. La Nena es dirigeix cap al fons de l'escena, on hi ha un bagul situat sota la finestra. Després de dubtar uns instants, la Nena obre el bagul i l'inspecciona. En treu diverses coses: cartes i papers antics, binocles, una gorra de mariner, una pipa, etc. Durant tota l'escena, la Nena ha de donar a entendre el caràcter prohibit i clandestí de les seves accions: caminar de puntetes, espantar-se per qualsevol soroll i mirar furtivament la foscor que l'envolta. Continua el soroll de la pluja. Després d'haver examinat els objectes del bagul, la Nena sembla descobrir la finestra i, tot deixant anar els objectes que té a les mans, prova d'obrir-la, forcejant amb els finestrons. Després de diversos intents, aconsegueix d'obrir la finestra. La Nena ha de mig cloure els ulls, perquè una claror estranya envaeix l'escena. Una claror de sol molt intensa. Ja no se sent la pluja: a fora, enllà de la finestra, es veu una platja amb palmeres i el fistó blanc de l'onatge ribetejant la sorra. Un cel blavíssim retalla la silueta d'un vaixell de tres pals. Se sent una havanera. El vaixell travessa lentament el paisatge.

HAVANERA

Divina perla de las Antillas
nunca en la vida podré olvidar
aquellas playas y cafetales
y tus mulatas de dulce cantar.
Serenas noches de suave brisa
bajo las palmas del arenal
la luna llena, tabaco y caña

y un recordar
glorias y honores
y sinsabores
del navegar.
Desde la popa de mi navío
siembro una estela en el ancho mar.
Será el camino que a ti me una
si ya tu tierra no he de pisar,
hoy el destino de ti me aleja
siento tristeza al decirte adiós,
mi ser se añora,
mi alma llora,
lejos de ti.
Hacia otras rutas
hermosa Cuba,
debo partir.

(En acabar l'havanera, se sent un gran tro i la Nena tanca la finestra d'una revolada. Es torna a sentir el soroll de la pluja. La Nena tanca el bagul i torna al llit, un xic esverada. Es fica al llit amb rapidesa, al costat de l'Àvia, que continua dormint. Bufa l'espelma. Es fa la fosca.)

ESCENA VI

S'il·lumina una altra part de l'espai escènic, on hi ha una taula rodona amb faldilles on un nen, assegut, fa els deures escolars. Se sent una música d'Eric Satie.

VEU EN «OFF»: Una vegada, un nen que es deia Abel, es va inventar una paraula nova...
ABEL: Antaviana! An-ta-vi-a-na...
VEU EN «OFF»: L'Abel va enamorar-se d'aquella

paraula tan seva i, de moment, se la va guardar com un secret.

ABEL: Antaviana. Antaviana! Antaviana...

MARE *(entrant i servint-li una tassa de xocolata)*: Què dius?

ABEL: No res, no res: és la lliçó de geografia.

VEU EN «OFF»: De fet, la seva paraula tenia realment una dignitat geogràfica.

ABEL: Antaviana?

VEU EN «OFF»: Sí, sí. Podria ser el nom d'un continent llunyà, una mica perdut i mal explorat, amb indis i plantes carnívores. Si en descobries un de semblant, enfocant-lo amb els binocles des del pont d'una nau, el podries batejar sense pensar-t'hi. Ja et veig dibuixant el mapa, humitejant el llapis amb la punta de la llengua i fent el contorn de tots els accidents de la costa. El pintaries de color taronja i després, mirant-hi molt, traçaries les lletres en forma d'arc, espaiant-les bé perquè no tapessin cap riu.

ABEL: *An-ta-vi-a-na. (Abel alça els ulls del quadern i contempla tot el que hi ha al seu voltant. Recolzant el cap en una mà, segueix les anades i vingudes de la Mare, que duu una bata rosa molt bonica.)*

VEU EN «OFF»: Aquella bata li agradava molt. També se'n podria dir Antaviana. Però una bata no acostuma de tenir un nom per a ella sola, com ara l'espasa del Rei Artur o el cavall del Cid.

MARE *(entrant)*: No badis més, Abel. Avui et posaran un zero. Aquest xicot no farà res de bo... *(Mentre surt.)* Jo, a la teva edat, ja dividia per quatre xifres.

VEU EN «OFF»: Vet aquí! Vet aquí que la seva paraula podia servir per a les qualificacions, no pas les dolentes, naturalment, sinó per a les notes més altes. Alguna cosa que volgués dir més que notable o més que excel·lent.

ABEL *(amb els ulls aclucats i mig somrient)*: Avui he tingut antaviana de gramàtica!

VEU EN «OFF»: I si l'oferissis al Govern? Seria una acció seriosa i transcendent, plena de civisme. *(L'Abel es posa un llapis sobre el llavi superior, com si fos un gran bigoti, i arrufa les celles amb una expressió de gran serietat.)* El Govern sempre deu anar escàs de noms, amb tantes coses com té per a etiquetar.

MARE *(entrant)*: Desperta't, Abel. Avui se t'ha enganxat el coixí a les orelles. *(Surt la mare.)*

ABEL: No, mare, no! És que m'hi fixo molt! Coneixent el perímetre, he de trobar l'àrea de la circumferència... *(L'Abel comença a escriure en el seu quadern, però al cap de pocs instants aixeca el cap, i mira fixament amb la mirada perduda.)*

VEU EN «OFF»: I si es tractés d'una paraula màgica? Podia haver-li arribat per revelació. Se n'han donat tants casos!

ABEL *(es concentra, clou els ulls i parla en veu baixa)*: En nom del poder que em pots donar, Antaviana, et conjuro a fer-me aprendre de memòria, des d'ara, tota la geometria! *(Pausa.)* El grau superior i tot! *(Abel espera durant una estona, amb els ulls tancats, i després els obre lentament, en comprovar que no passa res. Consulta el seu llibre de geometria i fa un gest negatiu, de desencís, amb el cap. Després, amb to de reny, com si s'adrecés a la paraula:)* Antaviana! *(Torna a concentrar-se. Tanca els ulls i posa els braços en creu. De cop, desfà el gest i amb l'impuls tomba la tassa de xocolata que tenia al davant. No pot reprimir un crit d'esverament.)*

MARE *(des de fora)*: Què passa, Abel? Ja deus haver fet un disbarat...

ABEL *(esporuguit)*: No res, no res. M'ha caigut una

mica de xocolata a les tovalles. *(Abel recull apressadament els quaderns i els mapes.)*

MARE *(entrant)*: Sembla una maledicció! Sempre que aboques alguna cosa, ha de ser sobre les tovalles netes! *(La Mare recull les tovalles d'una revolada.)* És que no pares mai, d'un cap de dia a l'altre. Sembla mentida la poca consideració que em teniu tots plegats... En aquesta casa ningú no m'estima... *(Surt.)*

ABEL *(amb una certa angoixa)*: Antaviana, Antaviana! Torna la taca dins de la tassa i que no hagi passat res. Torna la mare a la cuina, ben tranquil·la, i treu-li del cap que no l'estimo. *(Pausa.)* Antaviana, Antaviana, Antaviana! *(Mentre invoca la paraula màgica, Abel es posa dempeus i assaja diverses positures: aguantant-se dret amb un sol peu i una cama enlaire, obrint molt els ulls i tancant-los tot seguit ben fort, i estenent els braços com si fes l'àngel.)* Presenta't, Antaviana! *(Silenci.)* Antaviana, surt del llum o de l'ampolla! *(Silenci. S'enfila de genolls damunt la taula.)* Pel poder que tinc damunt teu, Antaviana, acut de seguida! *(Silenci. De cop, se sent una fressa entre caixes. Abel es concentra i torna a cloure els ulls amb força. Entra la Mare, remenant amb la cullereta una altra tassa de xocolata. S'acosta a la taula i contempla l'Abel, estranyada. L'Abel obre els ulls i es queda molt sorprès, i alhora molt avergonyit, davant la Mare. Baixa de la taula i es torna a asseure a la cadira.)*

MARE: Però, Abel, què et passa avui? *(Abel no sap què fer ni què dir.)* Apa, esmorza, que ja t'he portat una altra tassa. I ara no et distreguis, que faràs tard, i el mestre es fa vell. *(Pausa.)* Per què tens el cap tan buit, eh? *(Li passa la mà pels cabells.)* Quan t'acostumaràs a pensar una mica? *(Surt.)*

ABEL *(amb un sospir de resignació)*: Antaviana...

VEU EN «OFF»: Realment, havia fet una troballa preciosa. Així que arribés a l'escola, proposaria a l'Ernest, el seu millor amic, de canviar Antaviana per la seva baldufa nova. La baldufa de l'Ernest, amb punta d'acer i un cordill de fibra vegetal molt resistent, li tenia el cor robat.

(L'escena s'enfosqueix lentament, mentre Abel es beu a poc a poc la tassa de xocolata. Fosca total.)

ESCENA V (Continuació)

Durant la foscor, es clou la cortina diagonal. Torna a il·luminar-se el llit, amb la Nena i l'Àvia. Ja no plou i es fa de dia. L'Àvia es desperta, se senya i resa en veu alta. S'incorpora i desperta la Nena.

ÀVIA: Tessa... Tessa!

NENA *(es deixondeix i estira els braços; després d'una pausa)*: Àvia, àvia! Es pot veure el mar, des de la finestra?

ÀVIA *(mentre es posa les sabatilles)*: El mar? No, dona, no. El Tibidabo el tapa.

NENA: Vull dir des de l'altra banda.

ÀVIA: I ara! A l'altra banda hi ha el bosc de can Riera. No diguis ximpleries i vesteix-te de pressa. Apa, cuita! *(La Nena es posa les sabates. L'Àvia se la mira pensarosament. Se sent la música de l'havanera. S'adreça encuriosida a la Nena.)*

ÀVIA: Que has obert la finestra de les golfes?

NENA *(després d'una pausa)*: Sí.

ÀVIA: Que no ho saps que és una finestra condemnada? *(La Nena no respon, però sembla afectada pel retret de l'Àvia.)* I ho has vist tot?

NENA: Tot, no ho sé. Però Déu n'hi do!

ÀVIA *(molt emocionada i apropant-se a la Nena)*: Doncs mira, has heretat un record de l'avi Josep, al cel sigui. Quan va venir d'Amèrica, deia que no hi tornaria mai més, però de vegades s'enyorava, pujava a les golfes, s'asseia davant de la finestra i somniava amb el seu bricbarca. Segons ell, el veia talment...

NENA: Àvia, què és un bricbarca?

ÀVIA: És un vaixell de tres pals. Que no l'has vist? *(L'havanera es va fonent.)*

NENA: Ah, sí! *(Pausa.)* Àvia: els records es poden heretar?

ÀVIA: Tractant-se de gent de la família, sí. Jo mateixa he heretat una por als borinots que no sé si em ve de la banda del pare o de la mare... I ja saps que els borinots no fan res. *(Durant tot aquest diàleg, l'Àvia ajuda la Nena a vestir-se: li posa el davantal, li fa les trenes, etc.)*

NENA: Alguna cosa deuen fer. Si no, no en tindríem.

ÀVIA: Vull dir que no piquen, dona.

NENA: És clar. Si piquessin els mataríem. *(Es queda un moment reflexionant.)* Estaria bé que els records dolents es poguessin matar...

ÀVIA *(sorpresa)*: Com se t'ha acudit, això? *(La Nena fa un gest amb les espatlles, de no saber què respondre.)* Jo mateixa hi he pensat una colla de vegades. Alguns records, si pogués, els desfaria a cops d'aixada.

NENA: Però el record de l'avi Alcelsigui és bo o dolent?

ÀVIA: La veritat és que es tracta d'un record seu, i només ell podia saber-ho.

NENA: Però era un bon home, l'avi Josep Alcelsigui?

ÀVIA: Tenia moments de tot, com tots els homes. Quan li venia la múrria, fèiem veure que no ens n'adonàvem. De vegades, sobretot des que van començar a tremolar-li les cames, nosaltres mateixos el pujàvem a les golfes. Quan ja en tenia prou, baixava tot sol a la cuina, demanava cafè fort, ben negre, i s'hi posava un rajolí de rom...

NENA: Pugem-hi?

ÀVIA: On?

NENA: A les golfes!

ÀVIA: D'això no se n'ha de parlar més. És una cosa íntima, un secret. I els secrets, si no es guarden bé, perden substància. Apa, ajuda'm! *(Totes dues es posen a fer el llit.)*

NENA: Oh, àvia! Totes les nenes de l'escola en tenen! Si no se'n pot presumir, de què serveixen? La Maria de can Domènec en té un de molt gros i el fa servir per manar-nos a totes. Amb el que tinc ara, el de la finestra de l'avi Josep Alcelsigui, podria arribar a ser cap de colla!

ÀVIA *(amb un gest de sobtat interès)*: La Maria de can Domènec? I quin secret té?

NENA: Ah, hem quedat que no se n'havia de parlar.

ÀVIA: Però és un secret molt gros?

NENA: Enorme!

ÀVIA: Tant com el de la finestra? *(Totes dues s'asseuen als peus del llit.)*

NENA: És d'una altra mena.

ÀVIA: Només vull que em diguis una cosa: el secret de la Maria té relació amb el fadristern de can Domènec?

NENA: Doncs, sí. Amb ell i amb algú altre...

ÀVIA *(després d'una pausa)*: Bah! Són mentides... Ja saps que a pagès la gent s'avorreix i s'inventa històries. No hi pensis més. Apa! Enllesteix i vés-te'n a l'escola. I no t'entretinguis pel camí!

(La Nena surt, tot prenent la cartera de mans de l'Àvia i després de fer-li un petó. L'Àvia es queda sola i s'asseu als peus del llit, consi-

rosa, mentre torna a sonar la música de l'havanera i l'escena s'enfosqueix lentament.)

ESCENA VII

S'il·lumina l'espai de darrera la cortina diagonal i, per transparència, es veu una vella que demana caritat.

VELLA: Una gràcia de caritat per a una pobra vella! Una gràcia de caritat per l'amor de Déu... *(Entra la Nena amb la cartera i l'esmorzar. En veure la Vella Captaire es detura i reflexiona uns instants. Li dóna l'esmorzar. Se sent un arpegi celestial i la Vella Captaire es transforma en una Fada Jove, amb una vareta màgica a la mà. La Nena se'n queda molt sorpresa, però no pas espantada.)*

NENA: Ostres!

FADA: Per la teva bona acció, pots demanar el que vulguis i t'ho concediré! *(La Nena, perplexa, no obre boca.)* Què et passa?

NENA: No res, estic sorpresa. Em pensava que tot això de les fades eren històries...

FADA: Pst! No t'emboliquis, que ho salaràs. Apa, demana i vés-te'n cap a l'escola, que faràs tard.

NENA: Doncs vull una bossa enorme plena de...

FADA *(interrompent-la)*: Tessa! En moments com aquest cal ser espiritual!

NENA: Doncs vull una vareta màgica com la seva!

FADA: Nena! Que l'ambició és una mala consellera! *(Es fa un moment de pausa tensa. La Nena pensa què pot demanar, amb veritable concentració, mentre la Fada fa gestos d'impaciència.)*

NENA: Que té pressa?

FADA: Tu en tens, descarada!

NENA *(decidint-se)*: Doncs que tingui la facultat

d'alçar amb la mirada qualsevol objecte o pes!

FADA *(amb un aire de poc interès, condescendent)*: Sigui! *(La Fada evoluciona al voltant de la Nena, tot cantant una tonadeta màgica, i finalment li dóna un lleu cop al cap amb la vareta. Surt.)*

NENA: Renoi! Quin descans! Aquesta senyora semblava boja... *(A la part dels miralls i a contrallum apareix la Portera, amb una baieta i una galleda. Embadalida, la Portera deixa la galleda a terra i escolta atentament els darrers compassos de la cançoneta de la Fada. La Nena s'adreça a la Portera:)* I precisament avui, que tenia croquetes d'ahir per a esmorzar... Qui sap si les deu haver llençades! *(Pregunta a la Portera:)* Oi que les fades són una mica neurastèniques?

PORTERA: Algunes sí, d'altres no tant. Potser és que van mal aconsellades... Però procura que no et sentin! *(La Nena es concentra mirant la galleda que hi ha a terra. Alça la mirada i la galleda s'aixeca dòcilment fins a les mans de la Portera.)* Gràcies, nena! *(La Nena s'allunya somrient, mentre la Portera surt d'escena rient a grans riallades.)*

ESCENA VIII

En la foscor total, apareix el llum d'una llanterna portable que il·lumina un bagul que es va desplaçant lentament cap al centre de l'escenari. Darrera del bagul, amb una llanterna a la mà, es veu el Lladre. Porta gorra i careta. Quan arriba al centre de l'escenari, es detura i comença a treure el contingut del bagul. De cop, enfoca el llit, on hi ha un Home dormint. Sense fer-ne gaire esment, va omplint el sac que duia a l'esquena. En un moment donat, la tapa del bagul es tanca d'una manera imprevista, i fa soroll. L'Home que dormia al llit es desperta. Tota l'escena s'il·lumina de cop i volta i el Lladre prova d'amagar-se darrera del bagul. L'Home s'incorpora espantat i mira a l'indret on hi ha el Lladre. Quan el veu, la seva cara recobra l'expressió normal.

HOME: Ja hi som! És el lladre... *(Sense presses, s'alça del llit i es posa les sabatilles. Va en pijama. S'adreça al Lladre:)* Ep! Parlem-ne...

LLADRE *(sortint del seu amagatall i avançant amenaçadorament)*: No cal, jo us guanyo. *(Agafa l'Home per sota les aixelles i l'aixeca com si no pesés gens.)* Així, a ull nu, jo peso uns vint quilos més que vós... Aquest avantatge natural m'estalvia tota mena d'explicacions. *(El Lladre torna cap al bagul i reprèn la seva tasca. L'Home el segueix sense saber què dir. De sobte, el Lladre es gira.)* Porteu armes?

HOME: No.

LLADRE: Raó de més. *(Continua robant.)*

HOME: Però senyor meu, això no és una qüestió de força! Hi ha la moral, m'enteneu? Sense principis no anireu enlloc, i tothom us mirarà de cua d'ull.

LLADRE *(deixa el bagul i s'acosta a l'Home)*: La moral! És el pes més inútil que pot carregar un home. Que hi creieu de debò en la moral?

HOME: I tant, Mare de Déu, i tant!

LLADRE *(li dóna una empenta que el fa caure assegut damunt el llit)*: Mireu: em feu una mica de llàstima, i vull que rebeu l'ajut de la meva experiència. Jo, temps passats, també me'n refiava de la moral. Era casat, tenia un fill, un amic del cor i un negoci. M'havia guanyat la fama de l'home més bo del barri i, per tant, el més taujà. *(Agafa els pantalons i l'americana de l'Home, que estaven penjats en una cadira, i els fica dins del sac. L'Home fa un inútil gest de protesta.)*

El meu confessor, quan em veia, ja tremolava, perquè la meva consciència neta no li donava ocasió de lluïment. *(Mentre parla, treu les sabatilles que l'Home porta posades i les fica al sac.)* Que poc divertit que sou, solia dir-me i, per poders, em beneïa. De vegades, el meu tedi m'esgarrifava, però la pau de la meva llar, el bon nom de la família, la marxa del negoci i la netedat de costums em feien companyia. Aguanta't, noi, aguanta't! Tot això tindrà el seu premi! I sabeu quin va ser el premi? Ara us ho explicaré. *(Va cap al primer terme de l'escenari i parla de cara al públic, d'esquena a l'Home, que continua assegut al llit.)* El meu fill, que acabava de complir catorze anys, va fugir amb la minyona... Esverat, vaig anar a cercar la meva dona, per tal de compartir la pena amb ella, però només vaig trobar una carta seva en la qual m'explicava que, cansada del meu ensopiment, se n'anava a viure amb un senyor del tercer pis, que ell sí que era simpàtic i tenia món. Desfet, vaig decidir submergir-me en el negoci, però al cap d'un parell de dies més m'assabentava que el meu amic de l'ànima, valent-se d'una maniobra comercial, me l'havia pres. Només em quedava el confessor. Vaig explicar-li tot el que em passava i, sense pensar-s'hi gens, em digué que tota la culpa era meva i em posà una penitència d'aquelles que et deixen baldat. *(Durant tot aquest monòleg, el Lladre s'ha tret la gorra i la careta i mostra unes faccions que contradiuen totalment la imatge de duresa que aparentava abans. En algun moment, quan parla de la seva dona, s'entendreix, i l'Home, commogut, l'escolta amb una gran atenció. Mentrestant, el Lladre no ha parat d'aprofitar les pauses per prosseguir la seva feina: estira els dits de l'Home per treure-li els anells i se'ls guarda a la butxaca.)*

I la gent del meu barri? Ja us ho diré... Quan jo passava pel carrer, es giraven i reien. *(L'Home fa un gest de reprovació. Es treu el darrer anell que li quedava i el lliura submisament al Lladre.)* Com podeu comprendre, era un bon moment per a fer balanç de la meva vida i de pensar que, fins aleshores, havia errat. No es pot anar contra corrent, i si hi vas, en pagues les conseqüències. Això quedava tan clar, que vaig decidir canviar de vida. *(Es torna a posar la gorra. Reprèn el to sec i violent del principi.)* Ara faig el que em ve de gust, i tothom troba que estic tan bé... Les dones em sol·liciten, els coneguts proclamen el meu atractiu, i fins i tot la gent del barri, quan els vaga, diuen entre ells: «Ja ho veus, tan ase que semblava i encara farà carrera.» *(Tots dos riuen i el Lladre torna a posar-se la careta. Recull el sac i es prepara per anar-se'n.)* Això és tot. Si us pot servir d'alguna cosa... *(Torna a treure's la careta i la llença a l'Home.)* Aquí ho teniu. *(Comença a sortir.)*

HOME *(ha agafat la careta i se la mira, pensarós)*: Vinc amb vós! No voldria ser víctima d'una decisió tardana! *(L'Home es posa la careta i arrenca a córrer cap al Lladre. L'escena queda deserta, i s'il·lumina l'aparell de ràdio que hi ha a primer terme.)*

RÀDIO: Interrompem breument el nostre programa per donar lectura a un «flash» informatiu de darrera hora: Ahir de bon matí els lladres entraren en un pis de l'Avinguda Oriental. Entre altres objectes de valor, ha desaparegut l'amo de la casa, ja que ningú no sap donar raó del senyor Calders, ciutadà honorable i contribuent de bons costums. I fins aquí el nostre «flash» informatiu. *(Es clou el teló i s'encenen els llums de la sala. El programa de ràdio continua, transmès per l'aparell, que hi ha al prosceni.)*

Entreacte

Programa de ràdio

Aquest programa s'emet, amb els llums de la sala encesos, en el transcurs de l'entreacte.

El text es transcriu al final, en apèndix.

Segona part

ESCENA I

El teló encara està tancat. Surt la Portera per l'esquerra i tanca la ràdio. Es posa a escombrar el prosceni. Pel centre del teló, el Funcionari treu el cap, somrient:

FUNCIONARI *(sense acabar d'entrar)*: Vinc a cobrar el gas...

PORTERA: No tenim gas. *(Fa una gran rialla.)*

FUNCIONARI *(entrant del tot)*: Doncs que sigui l'electricitat.

PORTERA *(fent una correguda cap a l'altra banda del prosceni)*: No tenim electricitat. *(Torna a riure.)*

FUNCIONARI *(tot perseguint-la)*: I què me'n diu de l'aigua? *(El Funcionari lliura a la Portera una nota que tant pot ser un rebut com una carta d'amor.)*

PORTERA *(observa el paper, amb posats de coqueta)*: Tampoc no tenim aigua! *(Fuig corrents per l'obertura del teló, però abans de desaparèixer deixa caure a terra la baieta amb la qual treia la pols. El Funcionari la recull amorosament i se l'acosta al cor.)*

FUNCIONARI: En aquest cas, si em fa el favor, la violaré, que és una cosa que sempre ve de gust. *(El Funcionari es treu de la butxaca un petit pom de flors, mentre se senten entre caixes les rialles de la Portera. Es fa la fosca.)*

ESCENA II

El teló continua clos. El Funcionari continua en escena. Escriu alguna cosa en un bloc de notes. Per la dreta, entra un home vestit de vermell. Se'l veu molt agitat.

HOME: Venia a dir-vos que l'exprés de les deu descarrilarà!

FUNCIONARI *(sense aixecar la vista de la feina)*: Que ho dieu amb pretensions de profecia, això?

HOME: Vós mateix. Ho dic perquè prengueu les necessàries providències.

FUNCIONARI *(sense abandonar la seva actitud de desinterès)*: Ja podeu suposar que no us esperàvem a vós per saber què cal fer.

HOME: Ja sabíeu la notícia?

FUNCIONARI *(alçant la mirada, fastiguejat)*: L'exprés de les deu descarrila cada dia.

HOME *(amb expressió de gran sorpresa)*: Ah, sí?

FUNCIONARI: Sí. És una mena de tic. *(Reprèn la tasca.)*

HOME *(que encara no ha sortit del seu estupor)*: Però, i la gent?

FUNCIONARI: Hi ha molt poques persones que l'agafin.

HOME *(escandalitzat)*: Per pocs que siguin, els passatgers mereixen garanties.

FUNCIONARI: Els tenim assegurats.

HOME *(tot alçant el puny, amenaçador)*: Que en sou, de quimèrics! *(Se'n van tots dos, de pressa, mentre es fa fosc i s'obre el teló.)*

ESCENA III

En obrir-se el teló, apareix en el centre de l'escenari, embolcallat per una claror que el tanca com si fos una cel·la, un personatge vestit de gris, sense cap nota de color. Comença el seu monòleg assegut.

LA HIENA: M'havien delegat per a assassinar un funcionari i, encara que em vingués a repèl, havia de complir. Considero que quan un home milita, ha de ser disciplinat i obedient. El funcionari em va rebre de seguida i en asseure'm davant d'ell, a l'altra banda d'una gran taula de ministre, vaig obrir la cartera de mà i en vaig treure la pistola amb el silenciador posat. El buròcrata es va tornar groc i es mostrà molt estranyat. Em digué que no se sabia avenir de com havia passat els controls de vigilància. En explicar-li que els teníem sota suborn, va condemnar farisaicament la corrupció que imperava. Em feia llàstima. Potser era la falta de costum o es devia a l'abisme que hi ha entre les prèdiques i les accions. El cert és que no em decidia a engegar-li el tret, no hi havia prou franquesa. Això sense comptar els escrúpols, que també pesen. *(El personatge de La Hiena escarneix la veu i els gestos del Funcionari, cada vegada que s'hi refereix.)* «Què li passa?», em va preguntar la personalitat aquella. «És que vostè hauria d'ajudar», vaig respondre-li. «Si disparo amb presses i el toco malament, patirà i em farà patir a mi. En canvi, programant-ho entre tots dos, podem encertar de bones a primeres una ferida fulminant, mortal de necessitat, que ens estalviarà el daltabaix de l'agonia...» Em va dedicar un gest despectiu amb el braç, com si m'engegués a la porra, i s'alçà del setial amb l'aire de fer unes quantes gambades. «Quiet!», vaig cridar-li. No s'aturà, i ni tan sols no es va girar per mirar-me. Recorregué el despatx amunt i avall, sense reparar en la meva presència. Cal dir que jo tenia molt disminuïda la capacitat d'espantar, pel fet d'haver declarat d'entrada el meu propòsit de matar-lo. Què podia afegir-hi que em fes més perillós? «Miri que si disparo de mala fe i li toco el nervi, la sentida pot ser brutal. Hi ha fiblades pitjors que la mort mateixa...» «Com està d'anatomia topogràfica?», em preguntà. «Vol dir que sap on apuntar, no ja per a martiritzar-me, sinó per a eliminar-me, que és la pedra de toc d'aquesta entrevista?» «No, no sé anatomia de cap mena, i la idea és anar de dret al cor i deixar que la naturalesa faci el seu fet.» «I on el tinc, el cor, si no és indiscreció?» «Al costat esquerre, com tothom.» «No: com tothom, el tinc entre els dos pulmons, justament damunt del diafragma. A vostè li falten els coneixements indispensables.» M'havia fet el propòsit de tenir paciència perquè, pobre home, prou tribulació devia passar. Eren unes reflexions que em feia aleshores, ignorant del caràcter de la meva víctima. Quan es vol matar algú, convé de conèixer-li el temperament i les sortides abans d'embolicar-se. Tant de bo que jo ho hagués tingut en compte! «Bé, no ens posem nerviosos. A mi no em costa gens de tirar on vostè digui. Al capdavall, l'interessat és vostè.» «Hi ha un punt de la persona delicadíssim», digué. «La nuca! Un tret a la nuca amb l'arma a frec de pell mai no necessita bis.» De cop i volta el vaig trobar inclement. Calia tenir mala ànima per parlar amb tanta fredor d'una batzegada que el desgraciaria d'una manera irreparable. «Vostè mateix», vaig dir-li. «No em fio del seu encert», replicà. «No es mogui, que li indicaré el lloc exacte.» Jo romania assegut. Ell va acostar-se'm per darrera, i amb la mà esquerra m'obligà a ajupir el cap, com fan els barbers amb els seus clients. Fins i tot, per uns brevíssims instants, em vingué aquella son dolça que amoroseix el trasbals dc fer-se tallar els cabells. Endormiscat, esperava que el meu antagonista m'indiqués amb la punta del dit índex el precís indret fatal. Però en comptes d'això, va agafar d'una revolada l'escrivania de plata que tenia a la taula i me la va estampar al clatell. Aquesta traïció la vaig saber dies després, perquè de moment em correspongué la pèrdua del coneixement i dels sentits. *(Pausa llarga.)* El metge de la presó opina que he quedat bé, que he tingut una sort enorme. Són punts de vista! Sordejava una mica i, amb el cop, he millorat. Ara, d'això a tenir sort... L'advocat d'ofici creu que n'hi ha per anys, que me la carregaré de valent, sobretot pel detall de portar armes sense permís en un centre oficial. M'agradaria saber què hauria passat si hagués demanat permís! Són una colla d'hipòcrites. *(Pausa.)* Ara evoco amb nostàlgia el dia de la reunió secreta durant la qual van adjudicar-me l'àlias de La Hiena. No fou fàcil, perquè dos companys més aspiraven al mateix motiu, al·legant actuacions passades. Jo els vaig guanyar invocant una mística de futur, la meva set d'implacabilitat! El meu rival més pròxim va haver d'acontentar-se amb l'àlias de La Mangosta i l'altre amb el de L'Escurçó. I encara gràcies! Sóc, doncs, La Hiena, un pseudònim massa suggestiu per tancar-lo entre murs de pedra. No, no sóc egoista. Si pogués, en faria donació al grup, en qualitat de reintegrament. Però el grup l'han fet miques... A còpia d'acorralar-me a preguntes nit i dia amb una insistència criminal, els han agafat a tots. *(Adopta l'actitud de dictar un testament.)* I ara, en estat de plena lucidesa, lliurement, sense coaccions de ningú, vull deixar el meu sobrenom a qui en pugui fer bon ús, perquè és una pena que es consumeixi amb mi aquí dins. Jo, per molt de temps, no en faré res i a fora encara pot servir. No sóc versat en qüestions de beneficència, tinc poques relacions i coneixences. En principi, deixo el motiu de La Hiena a un asil d'orfes, amb l'esperança que, poc o molt, apreciaran que és tot el que tinc. Penso que potser hi haurà qui en sortirà ofès i enardit, amb prou punxades i raons per a utilitzar-lo amb pugnacitat vindicativa. I que es produirà el relleu immortal! *(Es fa la foscor damunt la seva imatge.)*

ESCENA IV

S'il·lumina la part posterior de la cortina diagonal i, per transparència, es veuen quatre persones assegudes al voltant d'una taula: un matrimoni, l'àvia i l'oncle solter. És la nit de Nadal de l'any 1962, i la família tot just acaba d'arribar després d'assistir a la Missa del Gall. Fan el ressopó. Isabel (la mare) esternuda. El diàleg, durant tota aquesta escena, s'ha construït partint de les improvisacions dels actors: les frases es diuen barrejades, quasi encavalcant-se. Gairebé tota l'estona, hi ha dues converses alhora.

ISABEL: Atxís! Atxís! Ernest, dóna'm el mocador. ERNEST: Vaja! Aquesta noia s'ha refredat. Oh, escolta, no m'estranya gens ni mica... Amb el fred que hem passat durant la missa, podíem haver agafat un cadarn! Jo n'he viscudes moltes de Misses del Gall, eh? Però com la d'avui mai. Durant el sermó, pensa que estava glaçat. Allò que et vas encongint, encongint... Al final, ja no em sentia els peus! ÀVIA: Veus? Ja t'has refredat! Com és que vas vestida d'aquesta manera? Per què no et posaves una samarreta a sota? EUDALD: Jesús! No has vist com estava tota la fila? Feia anys que no anava a la Missa del Gall...

ISABEL: Una samarreta? Mamà, com vols que em posi una samarreta amb aquest vestit? A més, ja portava l'abric de pells. ERNEST: Quin fred! I el sermó? No s'acabava mai... És la pega d'aquest vicari nou. És molt bon xicot, molt trempat. Però noi, quan es posa a parlar no sap mai com acabar-ho! Haurien de pensar que a la Missa del Gall hi va gent d'edat... ÀVIA: Però el fred entra per sota, dona... En canvi, amb una samarreta...

ISABEL: Mamà, ja m'ho has dit tres o quatre vegades. Doncs mira, si el tinc me'l guariré! *(Isabel descorre la cortina diagonal i es torna a asseure.)* ÀVIA: És que no tens seny, però ara ja ho saps... I feia molt de fred, molt de fred! Massa llarg, massa llarg.

ISABEL: És que va donant voltes i voltes al mateix tema i es repeteix. Es repeteix molt. La mamà... ÀVIA: Em sembla que l'any que ve m'ho miraré per la televisió... ERNEST: Per la televisió no li comptarà. ÀVIA: Sí que em valdrà! A la meva edat ja tinc dispensa! ISABEL: Sí, a partir dels setanta-cinc anys. ERNEST: A mi em sembla que només val per als malalts i els impedits... Ara, amb un fred com el d'aquest any... EUDALD: Molt de fred, sí, molt de fred.

ISABEL: Oh, i això que queia a la sortida no era aigua, eh? Era aiguaneu! ERNEST: I tant! Jo no recordo una cosa així des d'aquelles gelades que hi va haver ara fa sis o set anys... Quin any era? Sí! Era el 1955! Ho recordeu? L'any que em van operar de l'apèndix! ISABEL: El cinquanta-cinc?

ÀVIA: Unes gelades? EUDALD: Aiguaneu, sí senyor!

ISABEL: Sí, va ésser l'any que se'ns van rebentar les canonades! Ja les vam passar, ja... Era el mateix any que havia nascut la Maria Montserrat. L'Ernest a la clínica, la nena petita, i no trobàvem cap lampista. ERNEST: Des d'aleshores, no havia passat mai tant de fred. ÀVIA: Ah, sí! Tu feies el servei, oi Eudald? EUDALD: Sí, mamà. Em trobava a Jaca.

ISABEL: Escolta, Ernest, per què no recites el poema, eh? ERNEST: El vers, ara? Però si ells estan de conversa. No estan per poemes, dona! ÀVIA: Recordes, Eudald, que et vaig enviar uns mitjons de llana? EUDALD: Sí, mamà. Tota la companyia els volia! ÀVIA: Que et van anar bé? Eren de llana de veritat... EUDALD: I tant! Fins i tot se'n va enamorar el capità! ÀVIA: Si que em fas contenta... Quina il·lusió!

ISABEL: Llegeix-lo, home, llegeix-lo! Eudald! Mamà! Calleu un moment que l'Ernest us vol recitar un poema. ERNEST: Vaja... ÀVIA: Un poema? Has fet un poema? EUDALD: Un poema?

ISABEL: Aquest any li ha quedat molt bonic. ERNEST: No és res... Només dues quartetes... ÀVIA: Ai, mira, i jo no me n'havia adonat! A veure, a veure... ERNEST: Cada any, mamà, per Nadal no me n'oblido mai...

ERNEST: «Ai si no fos aquesta nit tan clara / seríem tros de carn i pensament / que no coneix d'on ve, ni on va, ni on para / pell d'home que arrossega el corrent. / Però el Nadal ens ha pintat el rostre / amb un vermell precís i decidit / i ens dóna un sentiment de llar, de sostre / de família, de nissaga i d'esperit.» Nadal del Seixanta-dos. ISABEL: Molt bé! Molt bé! M'ha agradat molt! ERNEST: Au, dona! M'avergonyeixes i, al final, aconseguiràs que no escrigui més versos! ÀVIA: Molt bonic, noi, ho fas molt bé. Isabel, bleda! S'ha emocionat... EUDALD: M'agrada! De debò...

ISABEL: És que m'ha agradat molt! Hi posa tant de sentiment... De solter feia cada poesia! ÀVIA: Alça! Però aleshores no me les ensenyaves. EUDALD: No sé com t'ho fas, això.

ERNEST: Ara ja no tinc temps. Els maldecaps, la feina... No estàs d'humor. Però això sí: per Nadal no m'ho deixo escapar mai. ÀVIA: És un costum molt bonic. Ara, que s'ha de tenir mà esquerra... EUDALD: Jo no entenc com us ho feu.

ISABEL: Per Nadal i les dates assenyalades, encara que la feina el baldi... ERNEST: El secret és que t'agradi i tenir-hi gust. Si no, no hi ha res a fer. ÀVIA: És un costum preciós. EUDALD: Jo no podria encara que volgués...

ISABEL: Per la Puríssima també en fa uns. ERNEST: Sí. Pels volts de la Puríssima, em tanco una tarda al despatx i no en surto fins que tinc els versos. ÀVIA: Està molt bé, això. El teu pare feia una cosa semblant, però per a això cal ésser artista. EUDALD: Sí, però el papà els copiava dels poetes...

ISABEL: Sempre t'han sortit els versos! ERNEST: És una mena de disciplina que s'imposa un mateix, oi? ÀVIA: Això. Perquè jo, encara que em tanqués al despatx hores i hores...

ISABEL: És una cosa que s'ha de portar a dins.

ERNEST: Ha d'agradar. ÀVIA: Tu, Isabel, recitaves molt bé. En canvi tu, Eudald, eres un desastre...

ISABEL: És cert, recitar m'agradava molt. ERNEST: Qui vol una mica de xampany? N'hi poso, mamà? No gaire, perquè ja sap què li ha dit el doctor Prats.

ISABEL: Un dia és un dia! ERNEST: Sí, però després puja el sucre de la sang... ÀVIA: A la meva edat, ja sé el que em convé... EUDALD: Que faci el brindis la mamà!

ISABEL: Apa, tots drets! ÀVIA: Jo, fer el brindis? Ui no, no me'l feu fer, fills meus... EUDALD: Vinga, dona, si ho està desitjant. Au, amunt... ERNEST: Ara no ens deixi plantats, mamà!

ISABEL: Sí, mamà. Avui et toca a tu. ÀVIA: Si no hi ha més remei, aquí ho teniu: Perquè puguem celebrar-ho tots junts i per molts anys, amb pau, amor, justícia... i caritat! Ai fills, que em tapo! Bon Nadal! ERNEST: Mira-te-la que valenta! EUDALD: Molt bé, molt bé!

ISABEL: Molt bé, mamà! Vine, que et vull fer un petó! ERNEST: Bon Nadal a tothom! EUDALD: Estic molt content de trobar-me aquí amb vosaltres...

ISABEL: Jo també estic molt contenta, Eudald, i que hagis vingut de tan lluny per acompanyarnos... Maridet meu, bon Nadal! ERNEST: Bones festes, xata! Oi que és bo el xampany, mamà? ÀVIA: I tant! Ens agrada a tots... EUDALD: Bon Nadal!

ERNEST *(tot abraçant Eudald)*: Bon Nadal, xato! ÀVIA: Em feu molt feliç, fills meus, de veure-us tots junts i que ens estimem tant! ISABEL: Això és molt important. ERNEST: Molt bonic, molt... *(S'abracen tots)*.

ÀVIA: I tu, Eudald, a veure si véns més sovint, que em fas patir molt. EUDALD: Sí, mamà, a partir d'ara vindré molt més sovint.

ISABEL: És bonica aquesta unió. Això és molt important. ERNEST: Molt bonic, molt. Si es pot celebrar amb salut i feina i... ÀVIA: No passa pas a totes les famílies...

ISABEL: No! Hi ha cada maremàgnum! Ara, també va bé tenir uns quants dinerons per anar tirant... ÀVIA: I tant, i tant! EUDALD: Sí, això ajuda molt!

ERNEST: Ah, escolteu, abans que no em fugi del cap: ja tenim programa per a demà. He comprat entrades per a anar a veure els Pastorets al Romea. ISABEL: Quina gràcia! Els Pastorets! I no me n'havies dit res! ÀVIA: Quina idea més bona! EUDALD: Els Pastorets!

ERNEST: Us fa il·lusió? Era una sorpresa. Són els d'en Folch i Torres, mamà. ÀVIA: Els d'en Folch i Torres? A la teva edat? Si que em fas contenta! EUDALD: Per a demà?

ISABEL: Has comprat entrades per a tots cinc? Que contenta estarà la Maria Montserrat! ERNEST: Cal ésser-hi a les sis en punt! EUDALD: A les sis? Jo tenia entrades per a anar al camp del Barça, que demà juga amb el Flamingo.

ISABEL: A les sis? Haurem de fer més aviat els canelons! ÀVIA: Els canelons ja estan fets. ISA-

BEL: Els has fet tu? ÀVIA: Sí, aquesta tarda. Només hi hauràs de posar la beixamel... I he comprat formatge d'aquell que t'agrada...

ERNEST *(a* EUDALD*)*: Al Barça, demà? Apa, home! No et pots passar de futbol un dia a la vida? Una vegada que podem anar tots junts al teatre i tu no hi vols venir... No sé què hi trobeu en una colla de ganàpies que empaiten una pilota... EUDALD: No, home. Si a mi em fa molta gràcia venir amb vosaltres. Però ja vaig quedar amb en Claudi i l'Isidre i ells han comprat les entrades. No sé què puc fer, ara. ERNEST: Telefona'ls! Això no costa res! EUDALD: És que no tinc el seu telèfon... ERNEST: Jo sí, que el tinc. EUDALD: Ah, sí? ERNEST: Sí Demà els truques i els dius que no hi pots anar...

*(Se senten uns cops a la porta. Silenci. L'*ÀVIA *continua parlant.)*

ÀVIA: Isabel! Què us passa, ara? ISABEL: Psit! No heu sentit uns sorolls a la porta? ERNEST: Uns sorolls? És que truquen, nena! EUDALD: Que espereu algú? ÀVIA: En aquestes hores? Jo no he sentit res.

ISABEL: No esperem ningú! ERNEST: A qui voleu que esperem, en aquestes hores? Si són gairebé les dues de la matinada! Això deu ésser que els veïns s'han deixat la porta de l'escala oberta i amb un corrent d'aire... Se sent en aquest mateix replà...

ISABEL: Bé, mamà, què deies dels canelons? ÀVIA: Ah, sí! Doncs només els hauràs de posar al forn... ISABEL: I la carn d'olla? ÀVIA: També està feta... ISABEL: Hi has posat botifarra negra de la Garriga? ÀVIA: Sí, aquella que vas portar tu. L'he feta bullir... ISABEL: I els menuts? I els pinyons? ÀVIA: Els pinyons els he posats amb la pilota...

EUDALD *(a* ERNEST*)*: Mira: Fem això. Dóna'm el telèfon d'en Claudi i de l'Isidre i els trucaré per dir-los que no hi puc anar.

(Tornen a sentir-se uns cops forts. Silenci.)

ISABEL: Ep! Ara sí que han trucat de veres. Ernest, vés a veure qui hi ha... ERNEST: Oh, escolta tu! A mi no em fa cap gràcia anar a obrir en aquestes hores de la nit... ÀVIA: I ara! Sí que truquen, sí! ISABEL: No em diràs pas que hi vagi jo, oi Ernest? EUDALD: Ara han trucat de veres... ÀVIA: No em fa gens de goig, això. Eudald: acompanya l'Ernest a la porta...

(L'Ernest s'aixeca i es dirigeix cap a la sortida. En el moment que passa per davant de la finestra, aquesta s'obre amb violència. Tots s'alcen esverats. Per la finestra entra calmosament el Pare Noel, amb un sac a l'esquena. S'espolsa la neu del seu vestit.)

PARE NOEL: Fa fred al carrer! On són, els nens?
ERNEST *(amb un posat d'estupor)*: Són a dalt, dormint... Però si no parla més baix els despertarà.
PARE NOEL: Despertar nens forma part de la meva feina... *(Deixa el sac a terra.)*
ISABEL *(amb duresa)*: Li han donat una mala adreça. En aquesta casa, fem Reis.

(Assenyala el pessebre, perquè el Pare Noel comprengui que no encaixa en aquella casa. El Pare Noel contempla el pessebre durant una bona estona.)

PARE NOEL: És infantil! *(Situació tibant.)*

ÀVIA *(per tal de trencar el glaç)*: Si abans de marxar volgués prendre una copeta...

PARE NOEL: És impossible que m'hagi equivocat. Jo no m'equivoco mai... Si he entrat en aquesta casa, és per alguna cosa. No és qüestió de criatures ni de joguines, sinó de la institució que represento. Poden suposar que no vaig de casa en casa preguntant si necessiten nines o cavalls de cartó.

ISABEL: Qui sap! Els protestants es valen de recursos més absurds, encara, per a obtenir la difusió de les seves idees.

ÀVIA: Els protestants? Quins protestants?

PARE NOEL: Això no té res a veure, senyora.

ISABEL: Ah, no?

PARE NOEL: No. Cada any porto regals als nebots d'un bisbe que tothom diu que arribarà a cardenal.

ISABEL: Vostè fuig d'estudi...

ERNEST *(interrompent-los)*: Escolteu, escolteu! Feu-nos el favor... Ens estem allunyant del tema. Aquí som una família liberal...

PARE NOEL: Ja m'agrada, això. Entre tots, hem de procurar que es noti!

ERNEST: I ja ens va bé que cadascú pensi el que li sembli. Però el cas és que vostè ens ofereix uns serveis que no li hem demanat... De manera que li agrairé molt que m'acompanyi fins a la porta i...

PARE NOEL: Potser és veritat que no han demanat els meus serveis, però jo no puc admetre que m'arribés a succeir el que passa als bombers, que quan algú, per error o estulta diversió, els dóna l'alarma d'un foc que no existeix, tothom afirma no saber-ne res.

ISABEL: Sigui com sigui, actua a la descoberta. En aquesta casa no fem arbre. Té algun sentit, la seva presència, sense arbre? *(El Pare Noel, desconcertat, contempla el menjador.)*

ERNEST: Aquest és el punt! Nosaltres fem pessebre. No arbre... Pessebre! *(Torna a la taula d'una correguda.)* Pst, Isabel, vine! Fem com si no hi fos, saps? Com si no el veiéssim!

ISABEL: Sí, senyor, molt ben dit! Posa'ns més xampany...

ÀVIA: I ara! Pobre home!

ERNEST: No, és que si li donem conversa és com si li donéssim corda. Ho hem de tallar... Ja pot estar ben content que no hagi trucat al 091. Ells sí que ho enllestirien de pressa!

ISABEL: Doncs hauries estat en el teu dret!

ÀVIA: I ara! En aquestes dates! Pau i Amor, Ernest... A veure si encara em fareu enfadar!

ISABEL: És que som massa tous, nosaltres. I veieu? Ve un moment que ja te'ls trobes al menjador...

EUDALD: Aquí rai! A Amèrica entren pertot arreu: per les xemeneies, per les finestres, per les portes...

ISABEL: Allà que facin el que vulguin. Jo no m'hi fico. No se m'acudiria mai de posar-los un pessebre per barret.

ÀVIA: Em sembla que esteu una mica antiquats, ja us ho diré... *(Per un lateral entra la Maria Montserrat. És una nena d'uns set anys. Porta pijama i sabatilles, i un petit ós de peluix als braços. De moment, els altres no s'adonen de la seva presència. La nena contempla encuriosida el Pare Noel.)*

ERNEST *(de cop i volta, veu la nena)*: Maria Montserrat!

ISABEL *(s'alça i corre cap a la nena)*: La meva filleta! L'han despertada!

MARIA MONTSERRAT *(assenyalant el Pare Noel)*: Qui és aquest municipal tan estrany?

EUDALD *(acostant-s'hi)*: És el Santa Claus, bleda.

No te'n recordes? Te'l vaig ensenyar en una portada del «The Saturday Evening Post»...

ISABEL: Veus? Per això em sap greu que portis aquesta mena de revistes a casa. Fullejant-les, els nens s'acostumen a idees que ens són forasteres. *(Mentrestant, el Pare Noel atreu la nena, oferint-li un caramel. La Maria Montserrat s'hi acosta somrient.)*

PARE NOEL: Tu no has demanat una cuineta?

MARIA MONTSERRAT: Sí.

PARE NOEL: Ja ho veuen. No m'he presentat sense més ni més. Porto la cuineta demanada.

MARIA MONTSERRAT: Quina mena de cuineta porta?

PARE NOEL: És una cuineta amb aigua de veritat i amb portes que s'obren i es tanquen... Tapa't els ulls... *(La Maria Montserrat clou els ulls, mentre el Pare Noel treu una cuineta de joguina del seu sac.)*

ISABEL: Ara me l'enredarà...

ÀVIA: Ai, quina cuineta més bufona!

PARE NOEL: Ja pots obrir els ulls! *(La Maria Montserrat torna a mirar i contempla la cuineta amb desencant.)*

MARIA MONTSERRAT: Ah, no! Com aquesta en tinc tres d'arraconades, que les guardo només per quan vénen a veure'm nenes més petites. Jo n'he demanat una que tingui forn automàtic i quatre focs de debò. Que en porta alguna, d'aquestes?

PARE NOEL: No. *(Isabel i Ernest somriuen alleujats.)*

ISABEL: No la porta!

ERNEST: Els Reis, nena, els Reis te la portaran!

ISABEL *(atraient la nena amb un gest maternal)*: Que t'has espantat, vida meva?

ERNEST *(a la nena)*: Vine, vine aquí. Ho has fet molt bé! El papà està molt content.

PARE NOEL *(enutjat)*: Bé, vaja! Prou! Estic acostumat que em rebin bé! A veure si encara hauré de demanar per favor que m'acceptin uns quants obsequis!

ISABEL *(amb violència)*: Aquí no hem demanat res!

PARE NOEL: Si això fos cert, constituiria una raó de més perquè m'acceptessin una generositat tan espontània.

ÀVIA: De tota manera, si el senyor s'entesta a deixar alguna cosa, i no hem de signar cap paper...

ISABEL: Mamà! No podem prescindir dels sentiments per uns quants regals!

PARE NOEL: Vostè em podria fer el favor de callar, estimada senyora?

ISABEL *(molt ofesa)*: Oh, oh!

ERNEST: Escolti, escolti...

EUDALD *(abraonant-se damunt el Pare Noel)*: Si no fos per l'uniforme que porta...

ÀVIA *(posant-se a plorar)*: M'esteu fent malbé les festes de Nadal!

ERNEST: Ui, ui! Això s'embolica... Encara acabarà malament! *(Agafa la Maria Montserrat pel braç i s'asseu en una cadira, amb la nena a la falda. La Isabel corre a consolar l'àvia. L'Eudald deixa anar el Pare Noel i es queda dret al fons de l'escena.)*

PARE NOEL: Em sembla, senyors, que vostès no coneixen la significació resplendent del Nadal. No em deixaria portar per la vanitat si afirmés que constitueixo una de les al·legories més simpàtiques de la diada. Gairebé a tot el món, milions de nens esperen la visita del vellet revestit de santedat, i fins i tot la gent d'una més primària educació em rep a mans besades. Suposem que m'hagi presentat per error, o fins i tot per un afany de proselitisme...

MARIA MONTSERRAT: Què vol dir, proselitisme? *(L'Ernest li fa un gest imperiós de silenci.)*

PARE NOEL: I què? La meva és una causa justa. Almenys se'm podia oferir seient. Si vostès mateixos, quan l'ocasió arriba, procuren deixar un plat amb aigua i rosegons de pa per als camells dels Reis, ¿no sóc jo mereixedor d'una més gran gentilesa? *(Al Pare Noel se li trenca la veu per l'emoció. Tots els personatges estan compungits i penedits. Silenci.)*

ERNEST: Encara quedarem com uns maleducats... *(L'Àvia s'adreça al Pare Noel, oferint-li una safata plena.)*

ÀVIA: Si vol prendre moscatell i unes quantes neules...

PARE NOEL: Gràcies, senyora... *(L'Eudald s'acosta i agafa el Pare Noel per un braç, se l'emporta cap a la taula i l'ajuda sol·lícitament a seure. El Pare Noel fa un gest instintiu de defensa.)*

ÀVIA: No tingui por, no, que no fa res. És molt bona persona. El que passa és que es deixa dur per aquestes arrencades, però és molt bon noi...

(L'Àvia i l'Eudald fan lloc a taula al Pare Noel. L'Eudald es queda dempeus, cedint la seva plaça.)

ERNEST *(alça la nena)*: Apa, Maria Montserrat, posa't dreta. Escolta: per què no cantes aquella nadala tan bonica que t'han ensenyat a la parròquia? Si ho fas, aquest senyor estarà molt content. Eh? Canta-la-hi!

MARIA MONTSERRAT *(no es fa pregar gens i comença a cantar)*: Una estrella cau al prat / Una flor s'ha esbadellat / Tot belant juga el ramat / amb la rossa macaruia / Al·leluia Déu és nat / I a Betlem van els infants / i els amics dant-se les mans / i els promesos i els germans / i la vella amb sa capuia / Al·leluia vianants / Al·leluia en nostres cants / Al·leluia catalans! *(En acabar la nadala, tots aplaudeixen entusiasmats. Besen la nena, l'abracen, etc.)*

ISABEL *(emocionada)*: Com entona, oi? Li hauríem de fer prendre classes de piano...

MARIA MONTSERRAT *(a l'Àvia)*: T'ha agradat, iaia?

ÀVIA: Molt i molt i molt i molt! Després, vine a la meva habitació i et donaré cinc duros.

ERNEST: Alça!

EUDALD *(al Pare Noel)*: Ha vist que bé canta la meva fillola?

PARE NOEL: Té moltes condicions...

ÀVIA: I no es fa mai l'estranya, pobrissona...

ERNEST: No, no és gens vergonyosa...

ÀVIA *(després d'una pausa i adreçant-se al Pare Noel)*: La veritat és que vostè ens ha donat un espant de mort...

PARE NOEL: Què diu, ara?

ÀVIA: Oh, i tant! Sap què passa? És que nosaltres no hi estem acostumats...

ERNEST: Per la finestra no hi havia entrat mai ningú, oi?

PARE NOEL: Si que em sap greu!

ERNEST: Si no li fa res, un altre any que vingui, telefoni abans... No costa res!

MARIA MONSERRAT *(tallant)*: Com quedem, doncs? Que fem el salt als Reis?

ERNEST *(alçant-se)*: Què dius?

MARIA MONTSERRAT: Que si fem el salt als Reis... *(Tots es miren i ningú no sap què dir.)*

PARE NOEL: Ja me'n vaig, ja me'n vaig... No cal que reprenguem el joc de les paraules dures. Seria inútil negar que la Proclamació dels Drets de l'Home ha ocasionat un esmussament general de la fantasia. Ja no es poden fer miracles sense el permís explícit de l'interessat. La gent està tan feta malbé pels progressos de la ciència que ja no admet més d'un prodigi metafísic per any... *(A l'Àvia:)* I vostè no s'hi amoïni, cregui'm... *(El Pare Noel recull el sac.)*

ÀVIA: Eudald! Ajuda el senyor a carregar-se el sac! *(L'Eudald ho fa. L'Ernest també hi acut.)*

ERNEST *(posant-se la mà a la butxaca, amb el gest de treure'n el moneder)*: Quant li devem, per la molèstia? *(El Pare Noel fa un gest de refús i se'n va.)*

ISABEL *(amb posat reprovador)*: Només falta que l'envalentonis!

ERNEST *(despistant)*: Maria Montserrat, Maria Montserrat! Vols que ens aboquem a la finestra per acomiadar el Pare Noel? Li pots fer adéu amb la maneta. Vine! *(La Maria Montserrat fa un gest afirmatiu.)*

ISABEL: No em trobo gens bé... Em sembla que aquest xampany...

ÀVIA: Jo també tinc una mena de cremor d'estómac...

ISABEL: Vol que li fem una infusió?

ÀVIA: No. Potser una aspirina... *(Mentrestant, l'Ernest i la Maria Montserrat han obert la finestra. Veuen que està nevant i no poden reprimir un crit de sorpresa.)*

ERNEST: Oh, mireu! Està nevant!

MARIA MONTSERRAT: Sí! Vine, iaia, mira...

ISABEL: Oh, i tant! Vingui, mamà, vingui!

(La Isabel i l'Àvia s'acosten a la finestra. Comença a sentir-se la Cançó de Nadal al fons.)

CANÇÓ DE NADAL

De matinada la neu
cobrirà la ciutat
i nosaltres dormint,
somiarem dolçament

un paisatge feliç
i cridòria d'infants
trafegant als carrers.
De l'hivern lluminós
ens sorprendrà tot silenciós
el nostre pas
damunt del glaç.
I una tendra escalfor
ens envoltarà el cor,
Nadal és neu, Pare Noel.

ÀVIA *(a la nena)*: Això són angelets que cauen del cel.

ISABEL: El carrer ja està tot blanc...

ÀVIA: Això farà mal.

ERNEST: Mireu el Pare Noel! Fes-li adéu, nena... Adéu, adéu! *(Tots, menys Isabel, saluden el Pare Noel amb les mans. Maria Montserrat es retira de la finestra, plorant.)*

ÀVIA: I ara! Què et passa, Maria Montserrat? *(La nena plora més fort.)*

ISABEL: Què tens?

MARIA MONTSERRAT *(amb grans plors)*: La cuineta! Vull la cuineta! *(Exclamació general de desconcert, que es converteix de seguida en enrabiament.)*

ISABEL *(contenint-se)*: Nena...

ÀVIA: Apa, Maria Montserrat... Que no ho veus que et poses molt lletja, quan plores?

MARIA MONTSERRAT *(plorant encara més fort)*: Vull el Pare Noel!

ISABEL: No hi és, el Pare Noel! Se n'ha anat! *(La Maria Montserrat plora i xiscla.)* Nena, mira que la mamà està molt nerviosa!

ERNEST: Escolta, si ara fas una marraneria, ningú no et portarà res, ni el Pare Noel ni els Reis. Ningú! *(Isabel s'alça, s'acosta a la nena i li pega un parell de clatellades.)*

ISABEL: I si no calles de seguida, t'hi afegiré! Passa a seure! *(Amb les plantofades, la nena plora encara més. L'Ernest, una mica apartat, suplica calma, mentre que l'Àvia prova inútilment de posar pau.)* Mira que te la tornaré a clavar!

ERNEST: Si us plau, si us plau! *(Aconsegueix dominar el tumult general.)* Reprenguem la placidesa nadalenca!

(Fosc.)

ESCENA V

Per davant del teló, creua Depa Carel·li, com si caminés pel carrer. Se sent la música d'introducció a la «Balada de Depa Carel·li». En arribar a l'altre extrem del prosceni, Depa Carel·li entra a l'escenari. Es fa la fosca i s'obre el teló.

DEPA: Llum! *(S'encenen els llums que il·luminen tot l'espai. Hi ha un llit i una taula. Al llit, hi ha algú que dorm. Sobre la taula, una ampolla d'anís.)* Llum! Que es faci la llum! Sóc jo! El Depa Carel·li! L'assassí professional correcte i puntual. *(S'adreça a la figura que dorm al llit.)* Coloma... Prepara't, que vinc a matar-te. *(Se li acosta i la contempla.)* Mira-te-la com dorm! Sembla una nineta de drap! Apa! Anem per feina, que se'ns fa tard. Coloma, porto totes les eines ben netes per a tu. *(Depa Carel·li s'adona de l'ampolla d'anís que hi ha damunt la taula. Deixa la seva vella cartera i mira l'ampolla.)* Què és, això? *(Beu un glop.)* Mira-te-la, la borratxeta! Au, anem a treballar. Què faré servir, avui? La corda, l'arma de foc o la blanca? No ho sé, no ho sé... M'ho faré al joc d'atzar! *(Estén totes les eines damunt la taula, s'asseu i tanca els ulls. Amb l'in-*

dex de la mà dreta va assenyalant ràpidament, d'esquerra a dreta, de dreta a esquerra, mentre pronuncia els mots d'un joc infantil. Finalment, clava el dit.) Ja està! La corda... T'ha tocat la corda, Coloma! És una eina que no m'acaba de convèncer... Deixa unes marques desagradables al coll... Vull una altra cosa, per a tu... La pistoleta! Sí, és un instrument expeditiu i eficaç. Arribaràs al cel com un coet. Apa, prepara't! *(Li apunta el cap amb la pistola, però es repensa i la retira.)* No m'acaba de fer el pes, la pistoleta... L'arma blanca sí! Té una tradició gloriosa. I és suau, silenciosa... Au, prepara't que ha arribat el moment. *(S'acosta a la vella i, en el moment que va a escometre-la, apareix la Consciència. Aquesta té la figura d'un àngel una mica tronat, amb les ales de gairell i una túnica deslluïda. Fa un crit.)*

CONSCIÈNCIA: No, no, no! No ho facis, això, Depa Carel·li!

DEPA *(recula espantat)*: Òndia! La Consciència!

CONSCIÈNCIA *(porta un maletí vermell a la mà dreta)*: Mira que encara hi ets a temps. Aquest maletí conté les conseqüències de les teves accions! No anem bé, Depa Carel·li, no anem bé... Ja veus quina vida has portat...

DEPA *(interrompent-la)*: La que he volgut!

CONSCIÈNCIA: I de què t'ha servit?

DEPA: De molt!

CONSCIÈNCIA: Ets a punt d'entrar a la vellesa i ets pobre...

DEPA *(ofès)*: Pobre jo? Pobre jo? Miri: vol un «Camel»? *(Es treu un paquet de la butxaca i ofereix una cigarreta a l'àngel. Aquest la rebutja.)*

CONSCIÈNCIA: I el que és aquesta llinda de l'ancianitat no la passaràs pas. El mal torna sempre al lloc d'on ha sortit, com les processons, les bromes i aquella coneguda arma australiana.

Fins ara, t'has escapat per miracle, i encara gràcies, perquè estàs congriant damunt teu tot d'elements que acabaran per destruir-te! *(Depa Carel·li remuga tota l'estona contra la Consciència.)*

DEPA: No vol prendre alguna cosa? Una miqueta d'anís?

CONSCIÈNCIA *(refusant)*: Depa Carel·li, no matis la vella! No n'hi ha necessitat! Pots robar sense tocar-la... Ja veus que dorm profundament. *(La Consciència s'interposa entre Depa i la vella, protegint-la amb el seu cos.)* Depa Carel·li, no la matis! Depa Carel·li...

DEPA *(empenyent l'àngel)*: Aparti's, que podríem esquitxar-lo! *(L'àngel retrocedeix i Depa Carel·li descarrega tres cops brutals contra la vella, amb el ganivet. L'àngel xiscla.)* Ja està! Veu? M'he tacat per culpa seva... *(Depa s'asseu al llit i s'eixuga la sang amb un mocador.)*

CONSCIÈNCIA *(apropant-se a Depa)*: Depa Carel·li!

DEPA: No es molesti més, no, que jo mateix em faré les inútils reflexions del cas. *(L'àngel s'aparta la túnica amb una puntada de peu i es deixa anar, vençut i amargat, damunt una cadira. Depa Carel·li remena sota el matalàs i n'extreu alguna cosa, que es fica a la butxaca. Després torna a la taula, sense mirar l'àngel, i es guarda lentament les seves eines a la cartera. Se sent la «Balada de Depa Carel·li»:)*

BALADA DE DEPA CAREL·LI

Depa Carel·li surt del llit a l'alba,
prepara l'eina de segar la vida.
El dia té el seu crim i el seu programa,
l'Àngel Consciència inútilment l'espia.
Surt al carrer i desprèn la solitud profana,
ignora el bé i el mal

artista marginal,
anònim criminal.

(Depa Carelli, després d'assegurar-se que ho ha recollit tot, comença a sortir. Però s'atura, contempla el cadàver de la vella durant un moment i es treu respectuosament la gorra. Se'n va. L'àngel es queda sol. Al cap d'un instant, mira fixament l'ampolla d'anís, l'agafa i es posa a beure a glops. Es fa fosc a poc a poc, fins que es tanca el teló.)

ESCENA VI

Se sent una veu que surt de darrera el teló.

VEU: A la fi d'un mes de juny amable, aparegué l'Enric amb la mà dreta embenada, marcant el puny sota la gasa. La seva presència, plena d'aspectes no coneguts abans, feia néixer pressentiments. Però ningú no podia imaginar l'abast del cop que l'ajupia.

(S'obre el teló. L'escena és buida, totalment deserta. Per la dreta, entra lentament l'Enric i es dirigeix cap al centre de l'escenari, on hi ha un diari a terra. L'Enric s'ajup per collir-lo. En ajupir-se, pren la mateixa actitud que havia adoptat l'Arlequí en començar l'espectacle. Se senten uns compassos de la «Cançó del Primer Arlequí», tocats amb un piano de joguina. L'Enric es posa a contemplar el diari, de cara al públic. El diari està en blanc, i tapa la cara de l'Enric. De sobte, l'Enric contreu tot el cos. Llença el diari i té una expressió de dolor en el rostre. Es porta les mans a l'estó-

mac, i després al coll i a la boca. Obre la boca i en surt una bola daurada. L'agafa amb la mà i sembla alleugerit per aquesta acció. Mira què és el que té a la mà i prova d'obrir-la una mica, però així que ho fa, reapareix el dolor i torna a cloure el puny. Lentament, es desfà el nus de la corbata i, amb ella, s'embolica el puny. Fuig corrents. Es fa la fosca. Se sent una frenada violenta d'un cotxe. L'escenari es torna a il·luminar i l'Enric és al centre, mirant-se el puny clos. Es torna a sentir una Veu entre caixes.)

VEU: Mare, mare: a l'Enric se li escapava la vida i va ser a temps d'agafar-la amb la mà. Ara l'ha de dur sempre embolicada, perquè no li fugi definitivament.

DIVERSES VEUS: Ah! Ah!

VEU *(després d'una breu rialla):* I jo dic que podríem fer-li una bossa de punt, d'un color suau perquè no es vegi massa.

(L'Enric continua sol i palplantat al mig de l'escena, escoltant les Veus.)

VEU 2a.: I com es guanyarà la vida?

VEU 3a.: Això no és res! A mi sí que va passar-me un cas extraordinari...

VEU 4a.: Fa mal?

VEU 5a.: Té tos a les nits?

VEU 2a.: Potser el passaran al departament de connexió i subconnexió de contractes de compra.

VEU 1a.: Sí. Com aquella que vam fer per a la Viola quan es va trencar la pota!

VEU 6a.: Punt d'arròs?

VEU 1a.: No. Ull de perdiu. Dos punts i minvar, dos punts i minvar.

VEU 5a.: Ha tingut la diftèria?

VEU 4a.: Això, de vegades, se'n va de la mateixa manera que ha vingut.

VEU 3a.: D'un cap de segle a l'altre, tothom fa el que li sembla. Jo, si fos d'ell, pujaria al terrat de casa, esperaria el primer vol de coloms i obriria la mà.

VEU 6a.: Inútil! Un home ha d'ésser un home i fora! Treu-te la bena!

VEU 3a.: Voldràs durar així tota la vida? Treu-te la bena!

VEU 2a.: La vida s'ha d'orejar. Treu-te la bena!

(Totes les Veus alhora comencen a cridar la mateixa frase: «Treu-te la bena!» A poc a poc, l'Enric es va desembolicant la mà. Resta amb el puny clos, sense la bena. Es fa un silenci total i se sent el soroll del vent. L'Enric es col·loca en un racó de l'escena i camina lentament, tot creuant l'escenari, com si avancés contra el vent. Quan és al bell mig, es descorda l'americana i es va traient la roba: queda al descobert el vestit d'Arlequí que portava a sota. Continua avançant amb el puny clos cap al límit dels dos espais, fins a arribar al primer terme, i allí s'asseu. La foscor és gairebé total. Barrejades amb el soroll del vent se senten les notes d'una música de circ. L'escena es va il·luminant de mica en mica i, darrera els tuls del fons, apareixen unes imatges de circ que contemplen fixament l'Arlequí. Es mouen amb la música, imitant el ritme de les joguines mecàniques dels parcs d'atraccions. L'Arlequí les mira meravellat. La música va pujant de volum. L'Arlequí s'aixeca i torna a creuar l'escenari, sense deixar de contemplar aquella aparició. En un moment donat, els personatges del circ saluden l'Arle-

quí amb les mans i ell els retorna la salutació, obrint el puny i agitant la mà. La bola daurada s'escapa i queda suspesa en l'aire, mentre el miratge del fons de l'escena desapareix. L'Arlequí s'adona que ha obert la mà i prova de recobrar la bola daurada que fuig lentament cap amunt. L'Arlequí cau a terra, enmig d'un silenci total. Teló lent.)

ESCENA VII

Torna a obrir-se el teló, al cap de pocs segons, i apareixen tots els personatges del circ, que, juntament amb l'Arlequí, ballen una dansa alegre, plena d'animació. La dansa acaba amb la salutació al públic.

FI

Apèndix*

PROGRAMA DE RÀDIO - ENTREACTE

Aquest programa radiofònic es transmet durant l'entreacte de la representació, per a les persones que bonament el vulguin escoltar. És, per dir-ho d'alguna manera, d'audició voluntària, ja que els llums de la sala estan encesos, les portes obertes i, per tant, qui ho desitgi pot sortir a esbargir-se.

LOCUTOR: Estan sintonitzant Ràdio Capital, que els ofereix l'espai «Sintonia d'Estels». En el nostre capvespre, música, entrevistes, jocs i amable companyia. Com per exemple, la companyia d'aquesta cançó:

«Sota el cel vermell», tema instrumental de Jaume Sisa.

LOCUTORA: I tot seguit, a l'hora en punt, les darreres notícies arribades a la redacció de Ràdio Capital *(Ràfega.)* La Comunitat Econòmica Europea ha d'ampliar l'any que ve els seus objectius, per veure de tallar la inflació i crear nous llocs de treball. Així ho ha declarat avui el comissari de la CEE per a afers econòmics, després de ser acomiadat del seu lloc habitual de treball a causa d'una reducció de personal.
LOCUTOR: Segons un informe acabat de publicar pel Ministeri de Sanitat, està creixent d'una ma-

* Aquest programa de ràdio és original d'Eduard Delgado, Maria Gorgues i Jordi Roura.

nera alarmant la proporció de calbs al nostre país. Sortint al pas de rumors que en donaven la culpa al terrorisme internacional, el doctor Hofner, del Gabinet de Pilologia de l'esmentat ministeri, ha afirmat: «El calb neix, no es fa.»

LOCUTORA: En el curs de les Primeres Jornades Jurídiques Internacionals de Dret Aeronàutic que tenen lloc aquests dies a Lima, John March, cap del Consell Legal de l'Agència d'Aviació dels Estats Units, ha afirmat que la mesura més eficaç que poden prendre els governs per eliminar la pirateria aèria és l'extradició dels segrestadors d'avions, per a obligar-los subsegüentment a escriure, amb una mà lligada a l'esquena, la frase «No segrestaré avions» deu milions de vegades.

LOCUTOR: I ara els esports: el Barcelona i el Racing Ondina van empatar ahir a tres quarts de vuit, en el partit de semifinals del Trofeu Litoral. No calgué lamentar víctimes.

LOCUTORA: I encara una nota de l'entremaliat món dels esports.

LOCUTOR: Sí. Ens la transmet l'Associació d'Esports per al Gos, i diu així:

LOCUTORA: Un nen de cinc anys, anomenat Sala, diu ser l'amo d'un raspall de dents, que respon al nom de Raspall i que, segons el seu propietari, remena la cua, coneix la veu i porta puces com un gos. De fet, aquesta notícia té una derivació cap al terreny sempre apassionant de la criminologia, ja que l'esmentat Raspall va fer possible, amb els seus lladrucs, que la policia capturés un lladre que havia penetrat a la residència dels senyors Sala, amb intencions de robatori.

LOCUTOR: Deu punts per a l'eixerit gos-raspall Raspall. *(Ràfega.)* A «Sintonia d'Estels» són quarts de dotze del vespre. Dins d'uns instants, les nostres línies s'obriran per rebre les trucades dels participants al nostre concurs, un amable divertiment que patrocina la insuperable casa Rellotges Claramunt. Tot seguit els farem la pregunta de la nit. Abans, però, uns mots del nostre patrocinador. *(Música celestial.)*

LOCUTORA: Els rellotges tenen una ànima i una veu, i una oculta personalitat que corresponen a cada màquina-individu. L'home que ha trobat el seu rellotge es distingeix de seguida dels altres: quan el consulta, se'l mira sense precipitar-se, el sospesa, i mai, enteneu-ho bé, mai, no li dóna corda fora d'hores.

LOCUTOR: El vostre rellotge serà sempre un «Claramunt».

LOCUTORA: Rellotges «Claramunt» per arribar sempre a punt! *(Ràfega.)*

LOCUTOR: Sempre a punt i línia oberta als nostres estudis. Rellotges Claramunt farà lliurament d'un lot dels seus productes de més preu a l'oient que ens telefoni primer, amb la resposta adequada a la següent pregunta. Atenció...

LOCUTOR: ...que només la llegirem una vegada.

LOCUTORA: Algú ha perdut una cosa molt important en un jardí de casa bona.

LOCUTOR: El qui sàpiga la naturalesa de l'objecte o la identitat del propietari, serà obsequiat amb el Premi «Claramunt» d'aquesta setmana.

LOCUTORA: Aquesta és la pregunta: S'ha perdut una cosa important en jardí de casa bona. Què serà? De qui serà?

LOCUTOR: Molta sort, bons amics! *(Ràfega. Sona el telèfon.)*

OIENT 1r.: Escolti'm! Escolti'm! Que em sent?

LOCUTOR: Sí, digui, digui. Bona nit, bona nit.

OIENT 1r.: Molt bona nit. Miri: jo trucava a la ràdio per això quc s'ha perdut. Jo... Em fa l'efecte... no voldria, vaja, però em sembla que és prou evident que el que s'ha perdut...

LOCUTOR: Endavant, endavant amb la resposta. Sigui concís.

OIENT 1r.: Això! Miri, són les bones costums, més ben dit, els bons costums, per parlar bé. Perquè, fixi-s'hi vostè mateix, és qüestió només de baixar al metro o pujar a qualsevol transport públic i veurà que la gent no s'aixeca per una persona d'edat. Vull dir, no hi ha allò que hi havia abans, no? Allò de dir: una consideració per la vellesa. Allò que sabem tots què és... Vaja! No sé si m'explico gaire bé...

LOCUTOR: Oh, oh, oh! Ho sentim molt, ha estat un assaig valent per part seva, estimat comunicant, però creiem que...

OIENT 1r.: Però, de tota manera, s'ha perdut, oi?

LOCUTOR: No, no és aquesta la nostra pregunta. Creiem que «Rellotges Claramunt» no acceptarà aquesta resposta, perquè no és la que jo tinc anotada a la meva targeta. De tota manera, gràcies per telefonar-nos- i...

OIENT 1r.: Escolti, escolti. El felicito pel programa.

LOCUTOR: Gràcies.

OIENT 1r.: Passi-ho bé.

LOCUTOR: Moltes gràcies, passi-ho bé. *(Penja el telèfon. Ràfega.)*

LOCUTORA: Hi ha un altre oient a l'aparell. Digui... Digui...

OIENT 2a.: Escolti... Escolti... No el sento!

LOCUTORA: Parli, parli. Senyora o senyoreta?

OIENT 2a.: Senyoreta, senyoreta. Bé... Jo els voldria dir... Miri, jo m'adhereixo al que ha dit aquest noi que ha parlat abans de mi i els vull dir que, miri... Jo sóc d'una Associació de Veïns d'aquí del barri, bé, del carrer de les Flors. Jo sóc representant i... Entre tots els voldríem dir que miri, nosaltres tenim un problema molt gros que cada vegada s'ha anat agreujant més i és que... bé, els gossos, el problema, doncs, es tracta dels gossos, no dels nostres, no, però és que n'hi ha molts, moltíssims, vull dir... és una cosa... i, doncs, fan excrements i... veurà, jo tinc una bacallaneria i bé... el cas és que els gossos, doncs, fan una ferum, escolti, que és una cosa impossible... Jo, és que ja ho he provat tot, tots els veïns doncs miri, pensi que hem fet... hem fet l'impossible... l'impossible perquè ens escoltessin i no hi ha manera...

LOCUTOR: Bé, senyoreta, dispensi, però crec que l'hem d'aturar aquí. Creiem que aquesta no és la resposta adequada a la pregunta de la competició «Claramunt». De tota manera, prenem nota de les seves reivindicacions i li preguem que es posi en contacte amb les autoritats competents...

OIENT 2a.: Sí, sí, no, és que això ja ho hem fet... o sigui nosaltres, el que volíem, era precisament que aquí a la ràdio, doncs, hi hagués alguna acció especial, algun ajut, que... no ho sé, ens posessin en contacte amb altres Associacions de Veïns...

LOCUTOR: Bé, moltes gràcies per aquesta trucada i passem a la següent. Bona nit.

OIENT 2a.: Bona nit. *(Ràfega.)*

OIENT 3r.: Bona nit, bona nit...

LOCUTOR: Bona nit tingui. Endavant.

OIENT 3r.: Em sembla que ja tinc la resposta a la qüestió. L'objecte trobat és una mà humana separada del cos i embolicada amb un paper de diari.

LOCUTOR: Felicitats! Ja té la meitat del Premi «Claramunt» a la butxaca, i no ho dic pas en sentit figurat... Ara m'ha de dir la segona part de la resposta.

OIENT 3r.: És ben senzill... Ara us diré a qui pertany la mà. Em pertany, o per ser més exactes, em pertanyia a mi.

LOCUTOR: Calent, calent. Em penso que va per bon camí. No s'aturi!

OIENT 3r.: Veureu: una de les coses més entonades dels Evangelis és allò que diu que la mà dreta no ha de saber mai el que fa l'esquerra. Però en cadascun de nosaltres, la promiscuïtat obligada entre les dues mans fa pràcticament inviable la fórmula de l'Evangelista.

LOCUTORA: I per tant... I per tant...

OIENT 3r.: I per tant, vaig trobar el punt de sal de la discreció tallant-me una mà i abandonantla en l'esmentat jardí.

LOCUTOR: Magnífic! Les nostres més sinceres felicitacions. Em dirà el seu nom, vostè és el senyor... *(L'Oient 3r. penja l'aparell.)* Escolti... Escolti... Desafortunadament la línia s'ha tallat i el comunicant no ha tingut temps de dir-nos la seva gràcia. Una ocasió perduda, però el joc és el joc, si no hi ha nom, no hi ha premi.

LOCUTORA: El concurs de Rellotges Claramunt serà amb vostès la setmana que ve, a la mateixa hora. Els esperem! I recordin:

LOCUTOR: Rellotges Claramunt per arribar sempre a punt.

OIENT 4a.: Escolti...

LOCUTOR: Senyora, ho sentim molt, però la competició «Claramunt» s'ha acabat. Provi en un altre moment...

OIENT 4a.: Voldria demanar una cançó dedicada.

LOCUTOR: Bé, ja que li han passat la trucada, digui: quina és aquesta cançó?

OIENT 4a.: Se'n diu «Estic pels teus ossets». Jo em dic Clara i voldria dedicar-la a un veí meu que es troba a l'hospital. Li dedico la cançó i li dic: T'estimo, però vaig ser jo qui et va tirar el test que et va fracturar l'occipital. Gràcies.

ESTIC PELS TEUS OSSETS

Si en surto viu de l'hospital
Veïna,
t'estimaré a la cuina
Veïna.
Aquest amor apassionat,
m'ha convençut de la veritat
Veïna. Veïna.
Veïna del meu amor.
Veïna.
Veïna de les flors.
Veïna. Veïna.
Si no tens gos ni gatets
et diré que estic pels teus ossets!
Però no ho facis més això
de tirar-me des del balcó,
un test,
No vull pas morir d'amor
sota un pom de geranis
o clavells

LOCUTORA: A la «Sintonia d'Estels» són quarts de dotze i un rellotge «Claramunt» ens ho diu amb precisió i bellesa.
LOCUTOR: I tot seguit, un nou «flash» informatiu.
LOCUTORA: L'agència Capital Press ha fet pública la notícia que els catorze funcionaris del Cos de Penitenciaries a càrrec de la vigilància d'«Els Joglars» empresonats a la nostra ciutat, comuniquen que aquests s'han evadit per un túnel que desembocava a la platja d'Ocata. L'alarma ha estat donada amb promptitud i s'han establert controls als burots i mercats de la capital. Amb relació al mateix tema, l'AIADTE, As-

semblea Interplanetària d'Actors, Directors i Treballadors de l'Espectacle, que aglutina els professionals d'aquests rams a Urà, Neptú, Saturn, Plutó, Mercuri, Júpiter, Venus i Mart, ens ha fet arribar una nota en la qual s'expressa solidaritat amb la lluita per la llibertat d'expressió en el planeta Terra.

LOCUTOR: Una abraçada en cadena, doncs, per als companys interplanetaris.*

LOCUTORA: I fins aquí, «Sintonia d'Estels», el programa que cada vespre us acompanya a «Ràdio Capital». Són tres quarts i dos minuts de quinze. Els preguem que abaixin el volum dels seus receptors, és l'hora del repòs i podrien desvetllar els espectadors que s'han quedat per a la segona part de l'espectacle. Moltes gràcies, amics, fins demà!

---

* Aquest «flash» informatiu es transmetia durant tot el temps que els companys d'«Els Joglars» varen estar empresonats o exiliats. Més endavant, quan la seva causa fou passada a un tribunal civil i ells alliberats, es deixà de transmetre.

Primera notícia *

Al pic de la primavera, va venir a veure'm un cosí de Galsworthy. Treballa a Manresa i està del tot integrat, fins i tot pel que fa a la cuina catalana.

—Us porto un encàrrec de Galsworthy —digué.

Sento una feblesa especial per les meves criatures. Sempre que en sé alguna cosa, rebo la notícia amb simpatia i un creixent interès. «Home, l'estimat Galsworthy!», vaig exclamar. «Què se n'ha fet?»

—Ja tenen tres fills, dos nois i una noia. Però no us vinc a parlar d'això...

El vaig fer passar a la sala i, després d'acomodar-lo i d'intercanviar uns preàmbuls banals, vaig preguntar-li què se li oferia, o sigui quin era l'encàrrec de Galsworthy del qual era portador.

—En resum —va respondre'm—, es veu que els vostres personatges han mantingut, al marge de la feina, una certa relació. S'escriuen, es telefonen i, a vegades, es visiten. El meu cosí m'ha explicat que de fa temps tenen el propòsit d'institucionalitzar aquest contacte social. Per exemple, reunir-se una vegada l'any en un sopar, o fer un aplec o una sortida campestre. Què sé jo! El cas és que fins ara no han aconseguit de lligar-ho...

—No m'estranya —vaig interrompre'l—. Els costarà molt. Els sentiments enganyen. Quan es trobin tots alhora no sabran què dir-se.

—Oh, doncs resulta que hi estan molt il·lusionats. Ja fa temps que hi treballen.

* Aquest text de Pere Calders acompanyava el programa de mà en el muntatge de Dagoll Dagom.

—Com? Preparant un àpat de germanor? Una anada a Montserrat?

—No; es reuniran dalt d'un escenari i sembla que fins i tot ballaran plegats.

Em va desconcertar, no m'ho esperava gens. Va venir-me aquella sensació tan coneguda, dels pares que comproven que els fills se'ls escapen de les mans, i se'm va ocórrer una pregunta desesperada:

—¿Que no se sentien prou units dins les pàgines d'un llibre, amorosament premuts per l'enquadernació?

—El meu cosí diu que s'hi trobaven enxubats i que ells també tenen el dret d'esbargir-se.

—Però què saben ells de taules i de proscenis?

—S'han assessorat degudament, els porta un grup professional molt responsable...

—I al so de quina música ballaran?

—Música d'en Sisa.

Confesso que jo havia fet la meva darrera pregunta amb una espurna de sarcasme, però la resposta del cosí de Galsworthy em va impressionar. Tot alçant-me de la butaca, vaig fer un parell de voltes, per l'habitació, amb les mans agafades al darrera. És un gest habitual en mi quan tinc sorpreses grosses.

—I tot això (dit sigui sense propòsit de rebaixar-vos) ¿per què no m'ho ha vingut a dir el mateix Galsworthy?

—Està enfeinadíssim. Assaja una colla d'hores cada dia, des de fa setmanes. Ja m'ha demanat que l'excusi.

«No canviarà mai, aquest home!», vaig murmurar, amb la indulgència que solem dedicar a les persones que ens són grates.

—Bé: gràcies per la novetat. Digueu a Galsworthy que m'apunto l'encàrrec i saludeu-lo de part meva.

—En realitat, l'encàrrec encara no us l'he donat.

Va butxaquejar i es va treure un telegrama.

—Van escriure als personatges mexicans, convidant-los a prendre part en la representació, i han respost amb aquest telegrama.

Me'l va allargar. Traduït de primera intenció, deia: «Impossible desplaçar-nos stop records senyor Calders stop desitgem sort tots.»

Era d'agrair, i vaig dir-ho al meu visitant:

—És un desig estimable. La sort sempre ajuda... Ara: si m'ho haguessin consultat a mi, els hauria estalviat el tràmit, perquè jo ja sabia, sé, que els personatges mexicans no vindrien...

—El meu cosí és de la mateixa opinió. Però entre tots van acordar que no costa res de quedar bé.

—Sí, això sí.

Hi havia poca conversa i el visitant va anar-se'n, tot dient-me que ens veuríem el dia de l'estrena. Era un home més aviat tímid i, al peu de la porta, es va posar a tractar-me de vostè. Amb ganes d'afalagar-me, sense aconseguir-ho del tot, em digué:

—I ja ho sap: disposi i a manar. Si algun dia té un buit en una de les seves històries, compti amb mi. No em faria res de sortir-hi.

PER LLEGIR MILLOR

A L'ENTORN DE LES HISTÒRIES DEL LLIBRE

1. A fi de recordar més fàcilment cadascuna de les històries que s'esdevenen en les diferents escenes d'*Antaviana*, us proposem que, abans de res, **us feu un breu resum de cadascuna d'elles.**

2. Ja hem pogut comprovar que el que més sorprèn de les històries de Calders són els fets inesperats que hi succeeixen. **Feu una llista de tots aquests fets sorprenents que s'esdevenen dins *Antaviana* i dividiu-los entre *insòlits* i *sobrenaturals*** (segons com hem definit aquestes dues categories a la Introducció).

3. Al llarg dels diàlegs de les diferents escenes trobem alguns passatges que són una mica més difícils d'entendre que d'altres: algunes vegades perquè es fa al·lusió a fets que se suposa que hem de conèixer (al·lusions, per exemple, a passatges de la Bíblia), a vegades perquè hi ha sobreentesos (referències a coses que ja s'han dit abans), o perquè hi ha afirmacions iròniques (on es diu el contrari del que realment es vol expressar) o el·líptiques (que deixen de dir allò que volen donar a entendre), o perquè hi ha algun joc de paraules, etc. Per estar segurs que heu comprès el que l'autor ens volia dir, **mireu d'aclarir els següents passatges que pertanyen a diferents escenes:**

I, 1a part

a) **Per què a la primera escena, quan Eva s'asseu al costat d'Adam i aquest li ofereix la poma que estava menjant, Eva l'agafa «sense poder evitar un gest de melangiosa complicitat»?**

b) **A l'inici de l'escena, al moment de l'expulsió del Paradís, apareix «un braç amb una mà que sosté una espasa flamígera». A quin personatge bíblic correspon?**

III, 1a part

a) **A què es refereix, el Lladre Ric, quan diu a l'amo del jardí que «vaig venir a casa vostra pels meus afers»?**

b) **I quan esmenta «el producte del meu treball»?**

c) **I què vol dir que «la nostra naixent amistat em lligaria de mans»?**

VII, 1a part

a) **Com creieu que hauria d'aparèixer vestida la fada d'aquesta escena: amb un vestit típic de fada de conte (amb gases i cucurulla) o amb uns texans i una samarreta? Argumenteu la vostra resposta.**

VIII, 1a part

a) **Quan el Lladre explica la seva història, diu que «la meva consciència neta no donava ocasió de lluïment al meu confessor». Què vol donar a entendre?**

b) **Quin sentit tenen les paraules finals de l'Home: «No voldria ser víctima d'una decisió tardana!»?**

c) **Us semblen ètiques la posició i la conducta del Lladre? Us deixaríeu convèncer pels seus arguments? Quins arguments oposaríeu als seus?**

III, 2a part

a) **A quin «relleu» es refereix la Hiena al final del seu monòleg?**

b) **Per què han detingut tots els membres del seu grup?**

c) **Com descriuríeu moralment i psicològicament el personatge de la Hiena?**

IV, 2a part

a) **Per què davant del Pare Noel la Isabel fa referència als protestants?**

V, 2a part

a) **Quina interpretació simbòlica cal donar al maletí vermell que porta l'àngel i dins el qual hi ha les «conseqüències» de les accions d'en Depa Carel·li?**

4 Dins el llibre de Calders *Invasió subtil i altres contes* hi ha un apartat final de contes breus, entre els quals figuren els dos que es transcriuen a continuació:

EL FILL DE VENUS

Es pot declarar un incendi, una guerra o el contingut d'una maleta, però no un amor. A propòsit de l'amor, totes les declaracions són indiscretes, fins i tot aquesta.

CARTA AL JUTGE

Distingit senyor,

Porto fins a les darreres conseqüències el precepte d'estimar el proïsme com a mi mateix i ara, quan he decidit suïcidar-me degut a males transaccions i a desenganys amorosos, acabo de matar un veí del mateix replà, segon pis tercera porta, amb perdigonada d'escopeta de dos canons disparats alhora. Gràcies a aquesta fidelíssima interpretació del meu afecte als nostres semblants, ningú no em podrà engaltar que ja m'ho diran de misses...

Cadascun d'aquests dos contes es basa en un dels recursos literaris que hem vist a *Antaviana* i que hem analitzat a la Introducció. **Quin trobem a «El fill de Venus» i quin a «Carta al jutge»?**

	FILL DE VENUS	CARTA AL JUTGE
a) capgirament de la lògica *b*) joc lingüístic amb les diverses accepcions d'un mot *c*) degradació del sobrenatural *d*) joc lingüístic de la interpretació desviada *e*) desmitificació *f*) trencament d'expectatives		

Un cop hàgiu identificat el recurs que correspon a l'un i l'altre conte, **expliqueu-ne el funcionament dins cadascun d'ells, i compareu-los amb les escenes d'*Antaviana* on Calders també els utilitzava.**

L'ESCENIFICACIÓ DE L'OBRA

5 L'*atrezzo* és el conjunt d'objectes que apareixen dins de cada escena, tant els que formen part de l'escenografia (taules, llits, etc.) com els que porten posats o utilitzen els personatges (ulleres, ganivets, cartes, etc.). El *vestuari*, com el seu nom indica, són totes les peces de vestir que porten els personatges durant la representació (a *Antaviana* només estan descrits els vestits d'alguns d'ells). **Feu una llista conjunta de l'*atrezzo* i del vestuari que requereix cadascuna de les escenes** —els trobareu indicats a les acotacions o, a vegades, en alguna de les rèpliques (no cal esmentar l'aparell de ràdio, que és sempre dalt de l'escenari). **Ja veureu com són moltíssims els elements que es poden arribar a fer servir en una representació teatral.**

6 De tots els objectes de *l'atrezzo*, **quins són utilitzats en més d'una escena? I ho són amb la mateixa funció?**

MÉS D'UNA ESCENA	MATEIXA FUNCIÓ	
	SÍ	NO

7 Posant el cas que us proposéssiu de representar l'obra, **imagineu el vestuari de la resta de personatges dels quals no se'ns diu com van vestits.**

8 Seguint l'explicació que es fa en el text de «Presentació» de l'obra, **mireu de dibuixar l'escenografia d'*Antaviana***, és a dir, **el seu decorat en forma de cub**.

9 Al llarg de l'obra es fan servir molts i diferents **efectes de so** (música de cançons, trons, veus en *off*, etc.) **i de llum** (il·luminació i enfosquiment de l'escenari, etc.). **Feu-ne una llista per escenes**.

EFECTE DE SO	ESCENA	EFECTE DE LLUM	ESCENA

10 Al darrer capítol de la «Introducció» hem vist com alguns dels fets sobrenaturals que s'esdevenen en les històries d'*Antaviana* plantegen problemes a l'hora de la seva escenificació: a l'escena V de la 1a part, la visió fantàstica a través de la finestra màgica; a l'escena VII també de la 1a part, la transformació de la vella en fada i la galleda que la Tessa fa aixecar amb els ulls; i a l'escena V de la 2a part, l'aparició de l'àngel. **Poseu-vos, per uns instants, en la pell d'un director teatral o d'un escenògraf, i imagineu de quina manera es podrien resoldre escènicament aquests fets.**

FEM D'ESCRIPTORS

11 Calders explicava que molts dels seus contes partien de l'observació d'algun fet sorprenent que li havia esdevingut. A l'entrevista amb Josep M. Espinàs, explicava el fet que havia originat el conte «L'esperit guia» (de les *Cròniques de la veritat oculta*), que a *Antaviana* ha estat dramatitzat en l'escena «La profecia» (II de la segona part):

> «...arrenca d'una observació de la realitat. És molt estrany, pot semblar-ho, que un tren descarrili cada dia, però jo a Mèxic vaig viure un d'aquests episodis. Els "Ferrocarriles Nacionales de Mé-

xico", que eren emparats per un sindicat fort i havien participat en la revolució mexicana, arribaven sempre tard, sistemàticament tard, molt tard. A vegades era una hora i a vegades era un dia, i el secret no era la falta de tècnica ni de coneixement de l'ofici; és que els conductors d'aquests trens, els maquinistes i tots els empleats, el temps de retard el cobraven com a hora extra, de manera que, si arribaven sis hores tard, eren sis hores que cobraven extres. Naturalment, tothom té dret a guanyar-se la vida, i ells procuraven que el tren arribés tard. Jo ho veig tan estrany, això, com que un tren descarrili cada dia» (J. M. Espinàs, *Identitats*. Barcelona, Edicions La Campana, 1986[3], p. 46).

Tot seguit, en l'entrevista, explica un altre fet sorprenent que li havia esdevingut. **Us proposem d'agafar l'explicació d'aquest fet —la qual teniu transcrita a continuació— i de donar-li la forma d'una escena o d'una petita obra teatral, seguint l'exemple de Calders en el cas anterior. Per ferho, hauríeu de desenvolupar una mica més els diàlegs i, o bé canviar el seu final o bé afegir-li algun altre esdeveniment insòlit o sobrenatural que el faci més sorprenent.**

«—Escolta —li diu en Calders a l'Espinàs—, per què ho dius que no em passa res d'estrany? Me'n passen...

—Oh! T'ho pregunto.

—(*Riu*) És que sí, que me'n passen. Vaja, a mi no m'ho sembla, però quan ho explico la gent ho troba estrany. Si tenim temps t'explicaré una...

—Una estranyesa d'aquestes?

—Sí, mira, fa poc temps, molt recent, l'Ajuntament de Barcelona ha fet una col·lecció de llibres, que és la conversa entre dues persones passejant per Barcelona, i un dels títols és Joan Oliver i jo. Joaquim Horta, que és un bon poeta, una persona excel·lent, va ser l'encarregat d'aquesta feina de contacte i va anar una colla de vegades a casa de l'Oliver i la meva portant proves d'impremta amunt i avall. Un dia em telefona i em diu:

"Calders, ja et tinc segones proves, és urgent, les hauries de veure avui mateix. Te les portaré a la tarda." I jo li vaig dir: "Sí, però vine després de les cinc, perquè fins a aquesta hora la porteria està tancada, hauries de trucar per l'intèrfon i jo no el sento, ja tinc avaries tècniques a l'orella i m'obligaries a estar pendent", i ell em va dir: "No, és que no puc venir a les cinc, ha de ser abans, perquè a les cinc he de ser en un altre lloc." Jo li vaig dir: "Si ets puntual a dos quarts de cinc jo t'esperaré i ja t'obriré." Exactament una senyora que viu al mateix replà de casa va tenir la mateixa conversa amb un vidrier. La nit anterior es van deixar una finestra del dormitori oberta i un corrent d'aire va trencar el vidre. Va buscar un vidrier i li va dir: "Per favor, vingui després de les cinc, perquè a les cinc la porta està tancada", i va dir el vidrier: "No puc, hauria de ser a dos quarts, perquè tinc feina", i ella va dir: "Doncs jo ja estaré pendent i l'obriré." Això és una coincidència d'aquestes tan estranyes, però va passar. Arriba en Joaquim Horta puntual, truca, i jo, com sempre, ja no me'n recordava, no vaig sentir l'intèrfon, i llavors l'Horta prova: potser en comptes de ser el sisè quarta és l'altra porta, i truca al costat, al de la senyora, i la senyora, que ja estava preparada, diu: "Sí, sí, pugi de seguida." Puja l'Horta i la senyora ja tenia la seva porta oberta i l'esperava. L'Horta se n'anava al sisè quarta, però la senyora li diu: "No, vingui, vingui, que és aquí, això", i l'Horta se'n va anar cap allà. La senyora li diu: "Passi al dormitori, per favor", i ell es va quedar tot parat: una senyora que l'obre i de bon començament li diu: "Entri al dormitori..."

—Calders, Calders, tu ets un guionista de la vida; és perillosíssim, viure prop teu: m'imagino que pot passar tot el que ens estàs explicant.

—(*Riu*) Sí, sí.

—I tu vas rebre el vidrier?

—No, la senyora aquesta va fer entrar l'Horta i li diu: "Passi al dormitori, miri què ens ha passat, això s'ha d'arreglar de seguida", i l'Horta diu: "Sí, sí, sí, és clar que ho hem d'arreglar." Diu ella: "Veu?: Ha quedat un vidre que ens pot fer mal." "Sí, oh, i tant!, ho han d'arreglar." "Ho hauríem d'arreglar abans que vingui el meu marit" (*riu*), i al cap d'una bona estona d'aquesta conversa l'Horta diu: "Però escolti, i el senyor Calders..." "Oh, això no és aquí, és aquí davant." Sembla —diu en Calders a l'Espinàs— una història inventada i te n'explicaria les que vulguis; dec ser un predestinat.»

«PRIMERA NOTÍCIA»

12 En Apèndix, s'ha inclòs dins el llibre el text que Calders va escriure per al programa de mà que es donava als espectadors els dies de representació; un text que té la forma d'un conte, amb el títol «Primera notícia». **Llegiu-lo i contesteu a les preguntes següents:**

a) **Qui és el protagonista del conte (que, alhora, n'és el narrador en primera persona)?**
b) **Quina de les històries d'*Antaviana* protagonitza també?**
c) **Quin és el fet sorprenent que té lloc en el conte?**
d) **Per què al protagonista li ve «aquella sensació tan coneguda, dels pares que comproven que els fills se'ls escapen de les mans»?**
e) **Qui és Galsworthy i amb qui està casat?**
f) **A quin grup de teatre professional fa referència el cosí de Galsworthy i com es dirà l'obra de teatre que pensen muntar els personatges?**
g) **Per què es fa referència a uns personatges mexicans?**

LA LLENGUA LITERÀRIA DE CALDERS

13 Tot i que el llenguatge que empra Calders generalment es caracteritza per la seva naturalitat i pel fet de ser molt assequible, dins l'obra apareixen alguns mots dels quals és possible que no sapigueu el significat. **Feu ús del diccionari i expliqueu el sentit (o bé escriviu algun sinònim) de les següents paraules que apareixen dins *Antaviana*:**

— una espasa **flamígera** (I, 1a part)
— coses **innòcues** (III, 1a)
— el caràcter se'm va **ablanir** (III, 1a)
— un **vis** de **vanadi** (III, 1a)
— l'escoltava embadalit, ja podeu imaginar-vos amb quina **unció** (III, 1a)
— es veu una platja amb palmeres i el **fistó** blanc de l'onatge **ribetejant** les ones (V, 1a)
— és una finestra **condemnada** (V [continuació], 1a)
— el **fadristern** de can Domènec (V [continuació], 1a)
— va condemnar **farisaicament** la corrupció que imperava (III, 2a)
— Amb el fred que hem passat durant la missa, podíem haver agafat un **cadarn**! (IV, 2a)
— (Àvia:) Sí que em valdrà (mirar la Missa del Gall per la televisió)! A la meva edat ja tinc **dispensa**! (IV, 2a)
— encara que la feina el **baldi** (IV, 2a)
— Ai fills, que em **tapo**! (emocionada) (IV, 2a)
— Hi ha cada **maremàgnum**! (IV, 2a)
— No sé què hi trobeu en una colla de **ganàpies** que empaiten una pilota... (IV, 2a
— I els **menuts**? I els pinyons? (IV, 2a)
— algú, per error o **estulta** diversió (IV, 2a)
— (Pare Noel:) Suposem que m'hagi presentat per error, o fins i tot per un afany de **proselitisme**... (IV, 2a)
— S'hi trobaven **enxubats**, dins el llibre («Primera notícia»)

14 La llengua literària de Calders es caracteritza per l'ús sovintejat de locucions i de frases fetes. **Expliqueu el sentit de les següents:**

— s'encarregaven de no deixar-me **tocar de peus a terra** (III, 1a)
— el veí sí que era simpàtic i **tenia món** (VIII, 1a)
— És un costum molt bonic (escriure poesies). Ara, que s'ha de **tenir mà esquerra**... (IV, 2a)
— Ara no ens **deixi plantats**, mamà! (IV, 2a)
— Vostè **fuig d'estudi**... (IV, 2a)
— Sigui com sigui, actua **a la descoberta** (IV, 2a)
— si li donem conversa és com si li **donéssim corda** (IV, 2a)
— tothom em rep **a mans besades** (IV, 2a)
— Que **fem el salt** als Reis? (IV, 2a)

FEM DE DETECTIUS LITERARIS

15 A l'escena «Nit de Nadal» (IV de la 2a part), els pares de la Maria Montserrat li fan cantar una nadala que comença: «Una estrella cau al prat / Una flor s'ha esbadellat...». Resulta que aquesta nadala és d'un gran poeta català i figura en un dels seus llibres de versos. Us proposem que **intenteu d'esbrinar de quin escriptor es tracta, com també a quina obra seva apareix el poema i quin és el títol d'aquesta nadala**. Per aconseguir-ho, us donem unes quantes pistes:

1) **És un escriptor molt representatiu d'un dels grans moviments de la literatura catalana contemporània.**
2) **No sols fou poeta, sinó també autor de teatre, articulista, contista i, especialment, traductor, i destacà pel grau d'elaboració i d'enriquiment que donà a la llengua.**
3) **Juntament amb l'autor del *Glosari* i l'autor del *Diccio-***

***nari general de la llengua catalana*, formen la tríada dels autors més importants de l'al·ludit moviment de començaments d'aquest segle.**

4) El llibre seu on apareix la nadala

— és una de les diverses obres que va escriure abans d'anar-se'n del país per fer de cònsol a Gènova,

— i és una obra posterior a l'any que es considera que es va iniciar el ja al·ludit moviment literari al qual pertany.

5) Una paraula del títol de l'obra que cerquem apareix en un dels versos de la «Cançó del primer Arlequí» que es canta a la primera escena d'*Antaviana*.

6) En el títol del poema figura el nom de la composició poètica de què es tracta precedit d'un adjectiu.

16 Si us heu fixat en els diferents personatges que apareixen a *Antaviana* (i en altres obres calderianes), haureu comprovat que abunden els que són aparicions (esperits, etc.) i també els lladres i els assassins. Aquest fet no és casual, i obeeix a dues afeccions de Pere Calders: una de quan era petit i una altra ja de més gran. Per descobrir-les, **hauríeu de llegir dues entrevistes que li van fer, respectivament, la Montserrat Roig** (una escriptora ja traspassada) **i en Josep Maria Espinàs**. Aneu a una biblioteca, consulteu els dos llibres que contenen aquestes entrevistes (dels quals us donem les dades tot seguit) i podreu trobar aquelles dues afeccions:

— Josep M. Espinàs, *Identitats*. Barcelona: Edicions La Campana, 1986[3].

— Montserrat Roig, *Retrats paral·lels 1*. Barcelona: Publicacions de l'Abadia de Montserrat, 1975.

LA TORNA

17 Us proposem una darrera activitat, per torna: a l'igual que fa l'Abel a l'escena VI de la primera part, **per què no proveu d'inventar-vos una paraula? Una paraula que us sedueixi per la seva sonoritat, o perquè us evoqui alguna imatge o algun sentit especial, o perquè us resulti molt llarga o molt curta...** Procureu de donar-li, com fa el personatge de Calders, un o més significats i intenteu d'explicar-los mitjançant definicions (com si haguéssiu d'incloure la vostra paraula en un diccionari; si el consulteu, podreu comprovar com cal formular-les). Ja veureu que això d'inventar-se una paraula no és gens fàcil.

ANOTACIONS

ANOTACIONS

ANOTACIONS

ANOTACIONS

SUMARI

Introducció 5

Bibliografia 55

ANTAVIANA

Presentació 61

Repartiment 63

Primera part

Escena I 65
Escena II. 67
Escena III 68
Escena IV 79
Escena V 80
Escena VI 82
Escena V (Continuació) 86
Escena VII. 89
Escena VIII 90

Entreacte 94

Segona part

Escena I 95
Escena II. 96
Escena III 96
Escena IV 100
Escena V. 116
Escena VI 119
Escena VII. 122

Apèndix 123

Primera notícia 131

Per llegir millor *Antaviana* 137